미야베 미유키 단편집

我らが隣人の犯罪

우리 이웃의 범죄

옮긴이 **장세연**

1977년 서울 출생. 고려대학교 언어학과를 졸업하고 출판계에 몸담고 있다. 현재는 번역가로 활동중. 『나선계단의 앨리스』, 『무지개집의 앨리스』 등을 번역했다.

WARERAGA RINJIN NO HANZAI
by MIYABE Miyuki
Copyright © 1990 MIYABE Miyuki
All right reserved.

Originally published in Japan by BUNGEI SHUNJU LTD., Tokyo.
Korean translation rights arranged with OSAWA OFFICE, Japan
through THE SAKAI AGENCY and SHINWON AGENCY CO.

이 책의 한국어판 저작권은 THE SAKAI AGENCY와 신원 에이전시를 통해
MIYABE Miyuki와의 독점계약으로 도서출판 북스피어에 있습니다.
저작권법에 의해 한국 내에서 보호를 받는 저작물이므로 무단전재와 무단복제를 금합니다.

* 이 도서의 국립중앙도서관 출판시도서목록(CIP)은 e-CIP 홈페이지(http://www.nl.go.kr/cip.php)에서 이용하실 수 있습니다.(제어번호: CIP2010003560)

Miyabe
World

미야베 미유키 단편집

我らが隣人の犯罪

우리 이웃의 범죄

미야베 미유키 지음
장세연 옮김

북스피어

차례

★

1. 우리 이웃의 범죄　　007
2. 이 아이는 누구 아이　　069
3. 선인장 꽃　　099
4. 축 살인　　131
5. 기분은 자살 지망　　175

미야베 미유키 작품 목록　　223

★

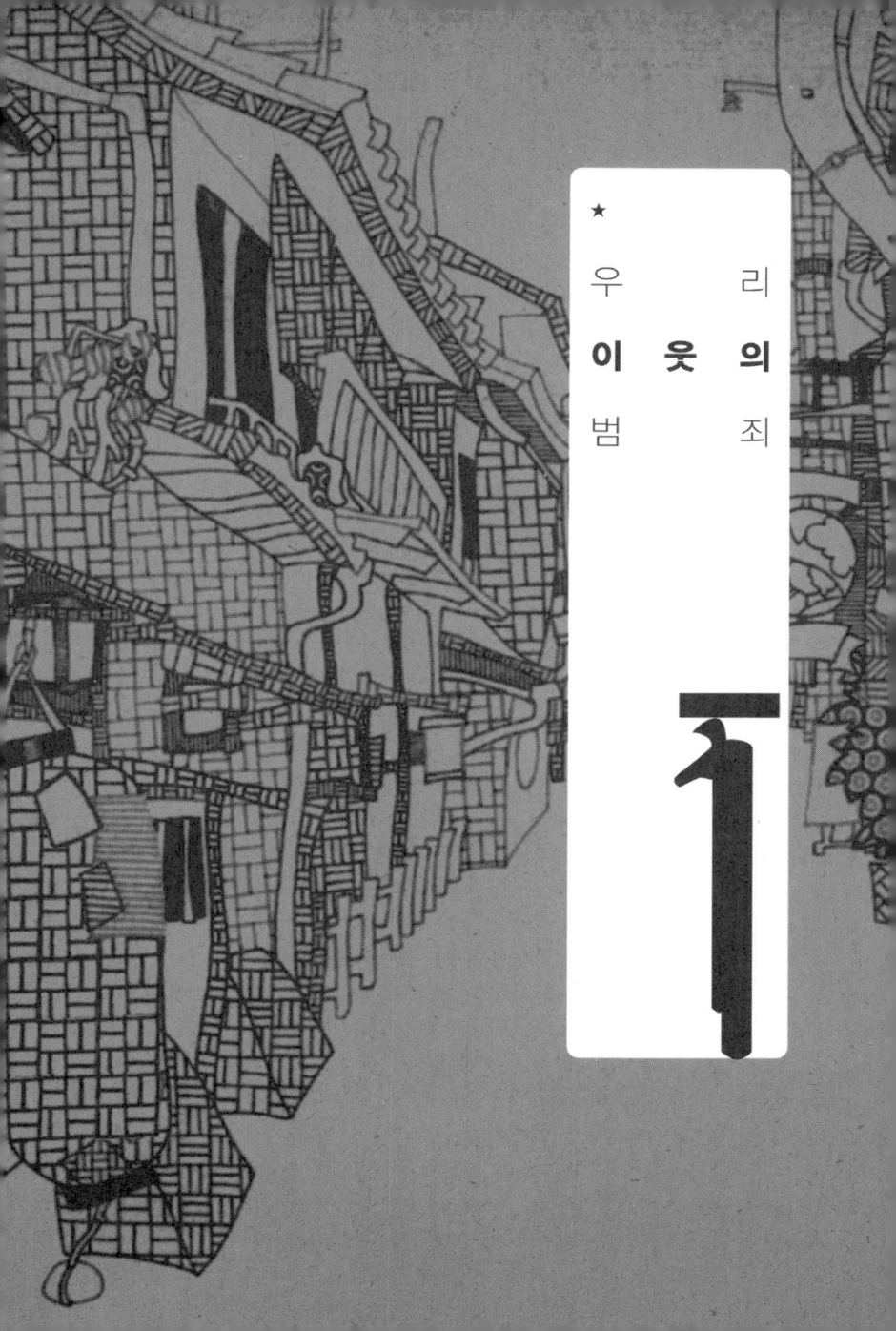

* 일러두기 : 본문의 모든 주는 옮긴이 주입니다.

1

우리가 마침내 자력 구제에 나선 것은 유월 중순의 일이다.

내 이름은 미타무라 마코토. 중학교 1학년이다. 성적도 키도 중간 정도인데 성적은 뒤에서부터, 키는 앞에서부터 세는 편이 빠르다. 반대였으면 좋겠다고 생각할 때도 가끔 있지만, 고민할 정도의 일은 아니다.

아버지, 어머니, 여동생 도모코와 나, 이렇게 가족 네 명은 도쿄 도심에서 전철로 삼십 분 정도 걸리는 곳에 있는 '라 코포 오마치다이'에 살고 있다. 이곳에는 세 가구가 입주할 수 있는 타운하우스 여섯 동이 나란히 서 있고, 우리들이 살고 있는 곳은 그중 3호동의 가운데 집이다.

우리 가족이 이곳으로 이사한 건 반년 정도 전의 일이다. 아버지와 어머니가, 함께 일하던 컴퓨터 소프트웨어 개발 회사에서 독립해 새로 회사를 차렸다. 당연히 회사 사택에서 나와야 했다. 부모님은 매주 두꺼운 주택 정보지를 사 와서는 사인펜을 한 손에 들고 괜찮아 보이는 물건을 찾아 온종일 뒤졌다.

우리는 아무래도 운이 좋은 가족은 아닌 모양이다. 도심의 신축 맨션에 모조리 응모했지만 추첨에서 죄다 탈락. 하는 수 없이 중고로 목표를 바꾼 이후에도 "이거다!" 싶어 눈에 들어온 물건들은 몇 번이나 간발의 차로 놓쳐 버렸다. 그러는 사이 나는 부모님의 능력에 다소 의문을 느끼고 말았다. 이렇게 손이 느려서야 경쟁이 치열한 소프트웨어 업계에서 잘해 나갈 수 있을지.

아무튼 최종적으로 낙착된 장소가 이곳 '라 코포'라는 얘기다. 물론 중고 주택이다. 전에 이곳에 살던 일가는 신축일 때 입주했다가 반년 만에 이 집을 처분했다. 이유는 전근, 딱히 살인 사건이라든가 하는 안 좋은 사연이 있는 건 아니다. 부모님은 바로 보증금을 지불하고—그때까지의 귀중하고도 쓰라린 경험으로, 부동산을 손에 넣으려면 첫째도 둘째도 속도가 중요하다는 사실을 절절히 느꼈으리라—다음 날 계약을 맺어 버렸다. 마침내 라 코포 3호동의 가운데 집은 우리의 새로운 보금자리가 되었다.

나는 주택 정보지를 보면서, 이렇게나 많은 물건이 나오고 게다가 어느 물건이나 사려는 사람이 나선다는 사실에 소박하게 놀랐다. 열심히 보고 있자면 세 페이지 정도만 봐도 눈이 피로해지는 자잘한 일람표 행간에서 "집이 필요해 집이 필요해 집이 필요해……" 하는 무수한 중얼거림이 들려오는 듯한 기분도 든다. 어설픈 괴담보다 훨씬 무섭다.

경쟁에서 이겨 그럭저럭 라 코포에 입주하기로 결정되었을 때, 우리 가족은 좀 야단스러울 정도로 기뻐했다. 도심지까지의 통근 시간이 삼십 분밖에 걸리지 않는다는 점은 굉장한 장점이고, 우리가 사는 3호동은 라 코포와 이웃하고 있는 자그마한 자연 공원 사이로 철책 하나가 놓여 있을 뿐이라 창문으로 바라보면 산 속 산장처럼 녹음에 포옥 둘러싸여 있는 느낌이 든다. 그때는 드디어 우리에게도 운이 따르는구나, 하고 생각했을 정도다.

그런데—.

우리 집 오른쪽 옆집에는 하시모토 미사코라는 서른 살 정도 된 여자가 살고 있다. 이사한 뒤 인사하러 갔을 때,

"여긴 전부 분양이잖아? 여자 혼자 힘으로 집을 사다니, 대출을 받았다 해도 대단한걸" 하고 감탄하는 아버지에게 어머니는 조금 바보 취급하듯이 말했다.

"본인이 산 게 아니에요. 그럴 리가 없잖아요."

그 말이 맞다. 하시모토 미사코 씨가 사는 타운하우스는 어떤 남자가 사 준 것이다. 어머니만큼 날카롭지 못한 나조차도 체격 좋은 중년 남자가 때때로 옆집을 방문하는 모습을 목격하다 보니 그 정도는 알 수 있었다.

다만 부모님이 그 사실을 알고 우려한 만큼 나나 동생이 그 일로 악영향을 받지는 않았다. 텔레비전에서도 잡지에서도 훨씬 굉장한 걸 하고 있으니까. 옆집에 '특수 관계인'이 한두 명 살고 있다고 해서—그야 다소 흥미는 느껴지지만—그 일로 '건전한 발육이 저해' 되거나 하지는 않는다.

다만 우리 남매를 키우며 회사를 운영하고 집 대출금을 갚기 위해 늘 과부하 상태인 부모님과, 평일 밤이나 때로는 토요일 오후 매번 비슷한 시간에 대형 벤츠를 스윽 타고 와서는 애인과 즐기기 위해 문 너머로 유유히 사라지는, 배가 나오기 시작한 아저씨를 비교하며 내가 여러 가지를 생각하게 된 것은 확실하다.

이를테면 세상에는 불공평한 일 따위 얼마든지 있다는 사실을 말이다. 선생님도 부모님도 "노력해라, 노력하면 보답받을 거야"라고 하지만, 말하는 목소리에 힘이 실려 있지 않은 이유는 본인들

삶 주변에서도 비슷한 일이 잔뜩 있기 때문이리라. 그런 것도 모른 채 "노력하자, 노력하면 보답받지 못할 일은 없어"라고 진지하게 받아들이며 자랐다간, 어른이 되고 나서 자신을 차고 월급을 더 많이 받는 남자와 결혼해 버린 옛 애인을 죽여서는 보스턴백에 쑤셔 넣어 내다버리는 전개가 되는 거다.

그렇다고 해서 내가 부모님을 존경하지 않는다는 말은 아니다. 부모님뿐 아니라 이렇게 수지가 안 맞는 일이 많은 세계에서 힘껏 일하고 있는 어른들은 모두 대단하다고 생각한다. 얼굴을 맞대고 그런 말을 했다간 엄청 야단맞을 게 뻔하니까 잠자코 있지만.

아무튼 라 코포에서 우리를 괴롭힌 것은 하시모토 미사코 씨 본인이 아니었다.

하시모토 씨는 개를 한 마리 기르고 있다. 새하얀 스피츠로 이름은 밀리. 다른 상황에서—가령 거리를 산책하고 있다든가, 슈퍼 안에서 주인의 팔에 안겨 있다든가—봤다면 아마 와아, 귀엽다, 하고 끝나 버릴 만한 개지만, 이웃으로서는 어떻게 할 도리가 없는 녀석이었다. 이사한 지 얼마 되지 않았을 무렵 하룻밤 묵으러 왔던 할머니는 실로 솔직하게 "옆집의 빌어먹을 개새끼"라고 표현했을 정도니까.

정말 엄청나게 시끄럽다.

밀리가 짖기 시작하면 나는 항상 옛날 전쟁 영화에 나오는 기관총을 떠올린다. 현대물에 등장하는 펄스 라이플이나 스마트건 같은 소리가 아니다. 좀 더 원시적이고 귀에 거슬리는 소리다. 게다가 잠깐씩 그치기도 하지만 거의 항상 짖고 있다. 어디에 그런 파

워가 감춰져 있는지 알고 싶을 정도다.

기르는 본인도 시끄러울 텐데. 우리 가족이 어이없어하면서 느낀 첫 감상이었다.

나는 어쩌면 하시모토 씨가 청력이 약해서 조심하려는 생각에 집 지키는 개를 두고 있는지도 모른다고 생각했다. 하지만 그런 호의적인 해석도, 내가 친구에게 빌린 CD를 밤늦게까지 듣고 있던 어느 날 밤 "시끄러워!" 하고 그녀가 벽 너머로 소리를 지른 살풍경한 사건이 일어난 순간 씻은 듯 사라졌다.

적은 진심으로 기르고 있다. 남에게 폐가 되는 개라는 생각 따위는 하지도 않는 것이다.

우리 부모님은—내 입으로 말하기는 좀 그렇지만 무척 성실한 사람들이다—밀리가 내뿜는 거리낌 없는 소음에 대해 불평을 하러 가기 전에 우선 관리 규약을 확실히 확인하기로 했다. 그리고 끝까지 읽지 못하게 일부러 그런 건지, 깨알같이 작은 글자로 인쇄된 규약 마지막 쪽에서 '애완동물 사육은 원칙적으로 금지'라는 대목을 발견했다.

당연한 소리다. 타운하우스라고 하면 듣기는 좋지만 결국은 양식 연립 주택(아버지가 친척에게 새 집을 설명할 때 사용했던 단어로, 그때 나도 이 말의 의미를 배웠다)으로, 커다란 단독 주택을 내벽으로 구분해 다수의 세대가 입주해 있는 집이라 외벽과 지붕은 물론이고, 중앙 세대는 양쪽 세대와 내벽까지 공유한다. 소리가 전해지기 쉽다는 점에서는 맨션과 똑같다. 아니, 더 심할지도 모른다. 타운하우스는 텅 빈 지붕 안쪽 밑으로 다락까지 공유하고 있으니까.

그런데 '원칙적으로'라는 단서가 만만하지 않았다. 용기가 샘솟은 부모님이 관리인에게 달려가 호소하자, 분명 규약에서 금지하고 있기는 하지만 이곳에 입주하기 전부터 기르던 동물을 차마 버려라 죽여라 할 수도 없는 일이라 허가하고 있다는 대답이 돌아왔다. 문제가 생기면 상식에 따라 협의해서 이웃끼리 원만하게 해결해 주십시오, 그런 말을 듣고 두 분 모두 혈압이 오른 채 돌아왔다. 그 후 미사코 씨에게 직접 불평하러 갔다가 혈압은 더 올라가 버린 모양이다.

우리 왼쪽 이웃은 다도코로 씨 부부로, 아이도 없고 찻집을 몇 개인가 경영하느라 거의 집을 비우고 있다. 그래도 다락을 통해 울리는 밀리의 요란한 소리는 괴로운 모양이라, 부모님이 가끔 다도코로 씨 부부와 눈썹을 찌푸리며 이야기를 나누는 모습을 본 적이 있다. 다도코로 씨네 집도 마찬가지로 벽에 부딪혀 밀리 제거에 실패했다고 한다.

출구 없음.

그건 그렇고 미사코 씨는 동물을 괴상하게 키우고 있다.

우선 밀리를 산책하러 데리고 나간 적이 없다. 한 번도 없다. 밀리는 정말로 '실내견'으로, 우리를 괴롭히는 짖는 소리도 전부 벽을 통해서 들려온다. 그럼 미사코 씨가 쇼핑을 가거나 미용실에 가거나 테니스를 치러 갈(근처 클럽의 회원인 모양이다) 때는 어떻게 하는가 하면, 밀리를 집 안에 밀어 넣은 채 문을 잠그고 외출한다. 밀리가 바깥 공기를 마실 수 있는 날은 한 달에 한 번, 미사코 씨가 애견 미용실에 데리고 갈 때뿐이다. 그때조차 밀리는 이동장에 들어가 미사코 씨의 파란색 아우디 뒷좌석에 실려서 내내 흔들리며 간다.

미사코 씨는 밀리를 완전히 규중 처녀처럼 기른다. 멋진 목걸이를 채우고 스웨터나 조끼도 입힌다.

"밀리는 착한 아이져어" 하는 식으로 말을 건다. 그 말에 대답해 밀리가 격렬하게 짖기 시작하면, 갓난아기를 달래듯이 어르는 소리도 들려온다. 한번은 아버지가 "밀리가 밤에 울 때 잘 들을 거예요, 하고 어린애들 먹는 약을 줘 볼까"라는 말을 한 적이 있는데, 그러지 않는 편이 좋을 거라 생각한다. 아마 미사코 씨는 진심으로 받아들일 테니까.

"저건 스트레스 때문이야."

이사 축하도 할 겸 저녁 식사를 하러 온 다케히코 삼촌은 밀리가 짖는 소리를 듣고 그렇게 진단했다.

삼촌은 어머니의 막내 남동생인데, 작년에 그럭저럭 대학을 졸업해 지금은 도내에 있는 중간 규모의 사립 병원 사무국에서 근무하고 있다. 자취방에서 혼자 밥을 해 먹거나 나가서 사 먹는 데 질리면 때때로 우리 집에 놀러 온다.

"어째서 스트레스야?"

나는 물었다.

"너도 집 안에만 갇혀 있으면 그렇게 될 거야. 아우성치거나 큰 소리로 노래하거나 말이야. 개도 운동 부족으로 스트레스가 쌓이니까 짖는 거야. 저 히스테릭하게 짖는 소리는 아마 틀림없을걸. 어떤 개야?"

스피츠야, 하고 내가 대답하자 삼촌은 으헤, 하는 소리를 냈다.

"최악이잖아. 저건 원래 집 지키는 개라서 말이야. 목소리도 새되고 시끄럽게 짖는 습성이 있거든. 요즘은 애완견도 조용하고 자그마한 종이 인기가 있어서 순종 스피츠를 기르는 집은 전국적으로도 몇 군데 없는 모양이던데."

설명 끝부분은 마침 시작된, 요란하게 난사하는 밀리의 울음소리에 가로막혀 그다지 잘 들리지 않았다.

"정말 굉장한데" 하고 어이없다는 듯 벽을 바라보며 삼촌이 말했다.

동물은 '움직이는動 것物'이라고 쓰는 만큼 운동이 필요하단 말이지. 다음 날 학교에서 돌아온 나는 삼촌의 가르침을 따라, 미사코 씨가 밖에 있을 때를 노려 가능한 귀여운 남자아이인 척하면서 물어보았다.

"아줌마, 나 개를 좋아해서 가끔 밀리를 산책시키러 데리고 나가고 싶은데, 그래도 돼요?"

찌릿 하고 노려볼 뿐이다.

'아줌마'라고 부른 게 실수였나 하고 나중에 반성했지만 이미 늦었다.

우리가 밀리를 '처리해 버리자'고 결심한 그날 밤도 삼촌이 놀러 왔다. 밀리는 여전히 사양 않고 거침없이 짖어 댔다.

"잘도 참고 사는구나……. 매형이나 누나는 가서 불평도 하지 않았어?"

삼촌이 물었다.

그날 밤 아버지는 일이 늦어져 아직 돌아오지 않았다. 일곱시 넘어서 돌아온 어머니도 눈 밑에 멋진 다크서클을 달고 있었다. 걱정했던 대로 우리 부모님은 소프트웨어 전선의 한복판에서 고전하는 중이다. 잘 만들어진 영화와는 달라서 엔딩이 가까워지며 극적인 지원군이 올 가망도 없다. 두 사람의 눈 속을 들여다보면 '과부하'라는 글자가 깜빡이는 모습이 보일 것 같다.

접시를 닦던 손을 멈춘 어머니는 자기보다 키도 훨씬 크고 스타일도 좋은 미사코 씨를 흉내 내어 엉덩이를 쑥 치켜 올리고 약간 고개를 기울이더니 높은 톤의 목소리를 냈다.

"개를 키우는 건 개인의 자유잖아요?"

삼촌은 쓴웃음을 지었다.

"웃을 일이 아니야."

어머니는 수도꼭지를 꽉 비틀어 물을 잠갔다. 그 손짓에, 저 여자와 부아를 돋우는 개를 이런 식으로 비틀어 주고 싶다는 마음이 역력히 드러났다.

"잠은 부족하지, 전화도 저 멍청한 개가 짖기 시작하면 상대가 하는 말이 들리지 않는다고. 텔레비전도 그래. 아무튼 이십사 시간 쉴 새 없이, 아침이고 밤이고 낮이고 없다니까."

"생체 시계가 망가진 거야."

삼촌이 말했다.

"스트레스로?"

나는 물었다. 삼촌이 끄덕이는 모습에, 아버지와 어머니가 밤중에 폭식을 하게 되면 조심해야겠다고 생각했다. 스트레스라면 두 사람 모두 밀리에게 지지 않는다.

"우리, 요즘 귀마개하고 자는데 말이야……. 그건 못 쓰겠어. 아침에 일어나면 머릿속에 솜이 꽉 들어찬 느낌이 들거든."

의자에 걸터앉은 어머니가 관자놀이를 짚었다.

"마코토, 너희도 귀마개하고 자냐?"

삼촌이 묻기에 나는 고개를 옆으로 흔들었다.

"도모코는 머리가 아파져서 싫다며 그만뒀고, 나는 잠들 때까지 헤드폰으로 음악을 들어."

"그만두는 게 좋아……. 난청이 생긴다."

"그것 봐라."

어머니가 말했다.

"하지만 밀리가 짖는 소리보다는 낫다니까. 스트레스도 안 받고."

"도모코 상태는 어때?"

삼촌은 어깨 너머로 어머니를 돌아보며 조금 목소리를 낮췄다.

내 여동생인 도모코는 몸이 약하다. 초등학교 5학년이지만, 학교도 쉴 때가 많아 1학년 때부터 지금까지의 출석 일수를 다 합쳐도 다른 4학년보다 적을 게다.

도모코는 지금도 이층 방 침대에 누워 있다. 병약한 아이란, 부모에게 어리광만 부리는 게 아니라 자기 나름대로 굉장히 면목 없어하는 데가 있는 법이다. 그래서 자기가 없는 곳에서 부모가 "또 열이 났어, 큰일이야" 같은 말을 하는 소리가 들리면 무척 상처받는다. 삼촌은 아직 부모가 되지 않아서 거꾸로 아이의 기분을 잘 이해하는지도 모른다. 도모코의 화제를 꺼낼 때는 꼭 목소리를 낮춘다.

어머니는 평소 목소리대로 대답했다.

"아직 미열이 있어서 말이야. 오늘도 학교를 쉬었어."

이것으로 삼촌의 배려는 제로가 되었다.

"흐―응……. 누나, 한번 심료 내과_{내과적 증상과 관련되어 나타나는 신경증이나 심신증을 함께 치료하는 내과 과목}에 가 볼 생각은 없어?"

"심료 내과?"

"응, 요컨대 '병은 마음에서'라는 거지. 도모코의 경우, 뭔가 달리 학교에 가고 싶지 않은 원인이 있어서 그게 미열이나 복통이라는 증상으로 드러나는지도 모르거든. 그걸 치료하려면 일반 내과 치료만으론 안 되니까 말이야. 카운슬링도 포함해서 치료해 가는데, 우리 병원에서도 하고 있으니까 괜찮으면 한번 데리고 와 보지 않겠어?"

어머니는 테이블 위에 턱을 괴고 생각했다.

"글쎄……." 조금 쓴웃음을 지으며 동생을 본다. "그거, 건강 보험 돼?"

삼촌의 대답도 분명하지가 않다.

"음―뭐, 아마도. 아마 될 거야."

어머니는 한숨을 쉬었다.

"진심으로 하는 얘기지만, 정말 큰일이야. 독립을 너무 서둘렀나 봐……. 이제 와서 후회해도 늦었지만."

그때 밀리가 다시 격렬하게 짖기 시작했다.

"저 얄미운 개를 어떻게 해 버리고 싶어. 안 그래도 머리 아픈 일만 있는데."

"선택을 잘못했네. 다른 집을 찾아서 옮기면 어때?"

"간단히도 말하네. 너같이 혼자 사는 가벼운 몸하고는 다르다고. 성장기 아이와 거금의 빚을 껴안고 그렇게 선뜻……."

거기까지 말하던 어머니는 테니스 시합의 관중처럼 조용히 오가는 말을 듣고 있는 내 존재를 새삼 깨달은 모양이다. 눈 속에 '아이에게 집의 경제 상황을 알리는 일은 교육상 바람직하지 않다'라는 교훈이 슬쩍 스치는 듯싶더니, 입꼬리로 슬쩍 웃는다.

"뭐, 그래. 조만간 생각해 볼게."

그 후 삼촌은 "어디어디, 공주님 기분은 어떠신가" 하며 도모코의 방에 얼굴을 들이밀더니, 학교 생활에 대해 묻고 병원에서 있었던 재미있는 일을 들려주었다. 그동안에도 밀리가 짖는 소리는 몇 번이나 끼어들었다. 도모코가 귀를 막고 이불을 뒤집어쓰자 삼촌은 늘 이런 식이냐? 라는 눈빛으로 나를 보았다. 나는 '늘 이런 식이야'라고 끄덕여 대답했다.

"이층에도 왱왱 울려 오는걸."

삼촌은 얇은 벽을 주먹으로 가볍게 두드렸다. 도모코의 방 벽지는 핑크색 코알라가 잔뜩 흩어져 있는 귀여운 녀석이다. 이 코알라도 틀림없이 괴로워하고 있을 거야, 하고 삼촌은 말했다.

도모코의 방에는 삼십 분 정도 있었다. 나가기 전에 열을 재 보니 37도 5분. 컨디션은 나쁜 것 같고 눈도 멍하다.

"아직 열이 있죠."

목소리에도 기운이 없다.

체온계를 흔들며 삼촌은 진지하게 대답했다.

"그렇지도 않아. 고작 백 도야."

쿡쿡 웃는 도모코에게 잘 자라고 인사하고, 삼촌은 이번에는 내 방으로 들어왔다. 밀리가 짖기 시작하자 얼굴을 찌푸렸다.

"한 번쯤 시끄러워! 하고 벽을 콱 차 줘."

"아버지도 나도 벌써 몇 번이나 했어." 나는 대답했다.

"어머니도 슬리퍼를 확 던지거나 하지만. 요전에는 막 사 온 달걀 박스를 던져 버려서 말이야."

삼촌은 천장을 보며 웃었다.

"누나는 열이 확 오르는 타입이니까 말이야."

"지독했다니까. 우리 다 총출동해서 청소했는데 말이지. 아무튼 불평을 해 봐도 전혀 효과 없어. 오히려 저쪽에서 엄청 항의해 올 때는 있지만."

"옆집 여자가?"

삼촌이 놀랐다.

"아니, 그 아줌마네 남자가."

삼촌은 휘익 하고 휘파람을 불었다.

"뭐야, 옆집의 독신 여성이라는 게―."

"맞아. 특수 관계인이야."

나는 대답했다. 〈마루사의 여자 일본 국세국 사찰부에 근무하는 여성 사찰관과 탈세자들 사이의 싸움을 그린 영화. 마루사란 일본의 국세국 사찰부 또는 그곳에 소속된 사찰관을 가리키는 은어다〉라는 영화를 보며 이 말을 가르쳐 준 사람도 삼촌이다. 세무서에서는 '정부'를 이렇게 표현하는 모양이다.

"어떤 녀석이야?"

엄지손가락을 세우며 삼촌은 물었다. 우리는 마룻바닥에 주저앉아 음담패설이라도 하는 양 소곤거렸다.

"자세히 본 적은 없지만 뚱뚱했어. 잘생기지도 않았고. 정부란 거, 머리가 좋다고 생기진 않지?"

"모든 건 이게 말하지."

삼촌은 엄지손가락과 집게손가락으로 동그라미를 만들었다.

"무슨 일을 하는 걸까? 요즘 샐러리맨 월급으로는 좀처럼 특수관계인은 만들 수 없는데 말이야."

나는 잠시 생각했다. 옆집의 진짜 소유주에 대해 내가 가지고 있는 정보는 주로 어머니가 이웃들에게 듣고 온 이야기를 건너 들은 것이다 보니 그다지 자신이 없다.

"그게, 부동산 업자라고 했던가……."

"과연."

"게임기를 만드는 회사도 가지고 있는 모양이고."

"그럴 만도 하군."

"러브호텔이라든가 터키탕도 경영하고 있다는 소문이야."

나는 아주 진지한 표정을 지었다.

"아마 삼촌도 한두 번쯤은 신세지지 않았을까? 굉장히 다방면으로 하는 모양이던데."

"그럴지도. 장소에 따라서는. 어느 정도 구역이라는 것도 있으니까 말이야."

"아무튼 부자인 건 틀림없는 모양이야."

잠시 동안 삼촌은 맥락 없는 노래를 흥얼거리며 생각에 잠겼다. 나는 책상다리를 하고 오뚝이처럼 좌우로 몸을 흔들었다.

"그렇다면 시험해 봐도 괜찮을까."

이윽고 삼촌이 말했다.

"뭘?"

"자력 구제 말이야."

아까와는 다른 의미로 엄지손가락을 세워 보인다.

"독신이라 쓸쓸함을 달래기 위해 기르는 동물이라면 빼앗기도 불쌍하지만, 달리 기분 전환할 방법이 있다면……."

"그렇다기보다 밀리 쪽이 기분 전환에 이용되고 있지."

"그렇지. 그렇다면 사양할 필요가 없다는 얘기다."

"어떻게 할 건데?"

"밀리를 납치해서 좀 더 제대로 된 주인이 키우게 하는 거야."

이번에는 내가 휘파람을 불 차례였다.

"그렇게 간단히 새로운 주인을 찾을 수 있을까?"

"실은 말이야, 우리 환자 중에 정말로 개를 좋아하는 사람이 있거든. 개를 진짜로 좋아하는 사람이라고. 미용실에서 샴푸나 매니큐어를 시킨다든가 애기라도 되는 듯이 말을 거는 게 아니라, 운동도 잘 시키고 정해진 시간에 밥을 주고 혈통서 따위 상관없이 어떤 개라도 제대로 기를 수 있는 사람이야. 그 사람한테 이곳 사정을 얘기했더니, 길 잃은 개를 주운 셈치고 자기 집에서 길러 줄 테니까 데리고 오면 어떠냐는 말을 들었거든."

"몰래?"

"물론이지."

밀리가 없는 생활을 생각하며 나는 나도 모르게 미소 지었다.

"그거 좋은걸."

순서는 간단하다고 삼촌이 말했다. 미사코 씨가 밀리를 두고 외출한 틈에 데리러 가면 된다.

나는 고개를 저었다.

"말은 간단하지만 불가능할걸. 저 사람은 외출할 때 단단히 문을 잠그고 가니까. 어떻게 숨어드는데?"

"그거거든."

삼촌은 턱을 당기며 나를 보았다.

"너, 막 이사 왔을 무렵에 여기는 다락이 끝에서 끝까지 휑뎅그렁하게 뻥 뚫려 있다고 하지 않았냐."

그렇다. 어머니의 명령으로 내 잡동사니를 정리하다가, 이층 내 방 옷장에 있는 두께 칠 센티미터 정도의 천판^{天板}을 밑에서 간단히 들어 올릴 수 있다는 사실을 발견했다. 행거 받침대를 발판 삼아 기어 올라가 보니 어두운 다락이 좌우로 끝없이 이어져 있었다. 높이는 일 미터 정도지만 지붕의 기울기가 있기 때문에, 아기가 엉금엉금 기듯이 손발을 짚지 않으면 앞으로 나아갈 수 없다.

"맞아. 그래서 쓸데없이 소리가 잘 전달된다니까. 천장 위가 파이프처럼 연결되어 있으니까 말이야."

"너무하지. 원래 이런 건물은 만에 하나 화재가 있을 때를 대비해서 제대로 방화벽으로 지붕 밑 다락 공간까지 칸막이를 해야 하거든. 법률로 정해져 있다고."

"그럼 여기는 날림으로 공사된 거야?"

"그래. 공사 비용을 남긴 몫이 어딘가에 있는 누군가의 주머니로 들어갔다는 얘기야. 덕분에 이쪽은 지독한 일을 당하고 있는데 말이지."

흐응.

나는 새삼스레 천장과 그 위에 있을 다락을 바라보았다.

있어야 하는 것도 없이 만들어 버렸다니 말이지. 어른이란 여러 가지 일을 하는군.

눈을 깜빡거리고 있자 삼촌은 빙그레 웃으며 무릎을 내밀었다.

"하지만 말이다, 마코토. 잘 들어. 그게 이번에는 우릴 돕는 거야. 이 방의 옷장 천판 틈으로 나갈 수 있다면, 옆집에도 어딘가 천판을 들어 안으로 들어갈 수 있는 장소가 있을 것 같지 않아?"

"잠깐 기다려 봐."

갑자기 심장이 두근거리기 시작했다. 나는 젠체하는 분위기를 만들며 속삭였다.

"여기를 샀을 때 건물 도면이 있었는데. 신축 분양으로 나왔을 때 나눠 준 팸플릿도. 이전 주인이 줬어. 어머니가 어디 뒀을 테지만……."

"좋아, 내가 받아 오지. 뭔가 좋은 구실이 없을까?"

"왜? 아버지랑 어머니한테는 이 얘기를 안 할 거야?"

나는 조금 놀랐다. 크게 기뻐하며 협력할 것 같은데.

삼촌은 아까 도모코를 웃게 만들었을 때처럼 익살스럽게 진지한 얼굴을 했다. 나를 손짓해 부르더니 얼굴을 가까이 댄다.

"우선, 이런 종류의 범죄에 여자를 가담시키면 위험하거든. 수다스러우니까 말이야."

"그럼 아버지는?"

"음…… 매형은 말이지……. 저래 봬도 굉장히 성실한 사람이니까. 어디까지나 정공법으로 이웃의 상식에 호소하는 방법이라면 찬성할 테지만, 이런 식의 자력 구제 얘기를 꺼내 봤자 아마 반대할 거야. 게다가 지금은 안 그래도 바빠서 큰일이잖아? 쓸데없는 일에 머리를 쓰게 할 필요는 없지."

나는 생각했다. '사회 상식'을 방패로 몇 번이나 이웃에 교섭하러 갔다가, 가기 전보다도 더 화를 내며 돌아오는 아버지.

"확실히 그래. 아버지는 직구 피처니까."

"맞아. 변화구는 던지지 않는 사람이지."

"도모코는 어떻게 해? 두시 지나서라면 이미 학교에서 돌아와 있을 시간이고, 어쩌면 아침부터 쉬고 있을지도 모른다고."

"저 아이에게도 쓸데없는 걱정을 끼칠 필요는 없어. 쉬는 날이라 잠깐 놀러 왔다고라도 해 둘게. 일은 이 방에서 끝낼 테니 아무것도 눈치 못 챌 테고."

"그러면 우리 둘이서만 실행한다는 소리네."

조금 두근두근해지기 시작했다.

"맹세의 증거로 혈판血判이라도 찍을까."

삼촌은 내 머리를 툭 치고 계단을 내려갔다. 잠시 후 돌아왔을 때는 내부 도면이나 팸플릿이 비쳐 보이는 클리어 파일을 손에 들고 있었다.

"뭐라고 하고 받아 온 거야?"

"어딘가에 방음재를 넣으면 좀 나아질지도 모르니까 검토해 보게 해 달라고."

팸플릿에는 각 동의 자세한 배치가 실려 있었다. 라 코포는 홀수 동과 짝수동의 배치만 다를 뿐, 한 개의 동 안에는 세 가구 모두 똑같이 방이 나뉘어 있다.

"사전 조사도 해 놓을게."

나는 방 도면을 머리에 단단히 새겨 넣었다. 우리 집과 똑같으니 거리감만 틀리지 않으면 천판이 열리는 옷장을 다락에서 찾아내는 것도 어려운 일은 아니겠군.

결정했으면 실행은 빠른 게 좋다. 그만큼 빨리 편안한 수면이 찾아올 테니까.

"미사코 씨가 반드시 외출하는 날은 월수금 오후거든. 테니스 교실에 나가. 저녁 다섯시쯤에 뒷좌석에 라켓을 싣고 차로 돌아오는 걸 몇 번이나 본 적이 있어."

삼촌은 수첩을 넘겨 근무가 비는 시간을 찾았다.

"그럼 이번 주 수요일 오후는 어때? 테니스 교실은 보통 한 시간 반이나 두 시간 정도잖아. 왕복하는 시간을 계산에 넣어서 최소한으로 잡아도 두 시간 반. 그렇다면 이웃의 특수 관계 미녀는 두시

반에는 외출한다는 얘기가 되는군."

"그럼, 두시에 우리 집에서."

나는 벽의 캘린더에 표시를 하려다 생각을 바꿔 학생 수첩에 몰래 메모했다.

"밀리를 데리고 다락을 통과하든 뭔가에 넣어서 옮기든, 시끄럽게 짖는 걸 어떻게든 해야지. 이웃 사람들에게 들켜 버릴 거야."

"가볍게 마취해 주기로 할까."

그런 준비는 맡겨 둬, 하고 삼촌은 말했다.

그날, 나는 이곳으로 이사 와서 처음으로 밀리의 소음이 아닌 다른 일 때문에 잠들지 못하는 밤을 보냈다.

2

다음 날 학교에서 돌아온 나는 미사코 씨가 저녁 장을 보러 외출하는 것을 기회로 재빨리 사전 조사에 착수했다.

내 방에는 이런저런 물건들이 있는데 전부 구십 도쯤 벗어난 장소에 놓여 있다. 침대 위에는 옷가지가, 책상 위에는 책장에 있어야 할 책이, 책장 안에는 한 달에 한 번 있는 폐지 수거에 내놓기 위해 끈으로 묶어 바닥에 놓아야 하는 만화 잡지가 들어가 있다. 어쩌다 보니 이렇게 되어 버렸는데, 어머니는 이 좌표 이탈을 굉장히 마음에 안 들어 해서 나는 늘 혼나고 있다.

우선 방문을 잠그고 나서, 침대 위의 옷가지를 옆으로 치우고 옷장 내용물을 순서대로 겹쳐 내려놓았다. 옷장 정리는 어머니에게 완전히 맡겨 놓기 때문에, 섣불리 만지작거리면 금방 들켜 버린다.

알맞은 공간이 생기자, 평소에는 침대 밑에 밀어 넣어 두는 방충제가 든 의류 상자를 두 개 끌어내 옷장의 빈 공간에 겹쳐 쌓았다. 딱 좋은 발판이 되었다.

다음에는 책상 서랍에서 어제 삼촌이 돌아간 후 시간을 들여 만든 '측량계'—라고 해도 선물용 리본과 노끈과 비닐 끈을 엮어 필요한 길이로 이었을 뿐인 끈——를 꺼내고 아래층 창고에서 꺼내 온 손전등을 챙겼다. 왼쪽 손등에는 짧게 자른 절연 테이프를 다닥다닥 붙이고, 바지 뒷주머니에는 커터칼을 하나 찔러 넣었다.

어두운 다락으로 올라오니 나무로 만든 튜브 속에 들어온 느낌이 들어 방향 감각이 조금 흐트러졌다. 나는 눈을 감으며 마음을 진정시키고 머릿속에서 도면을 그리고는 좋아, 하고 움직이기 시작했다. 옆으로 밀어 젖힌 천판 가장자리에 알록달록한 끈의 한쪽 끄트머리를 테이프로 고정시키고, 왼손에 고리 모양으로 감은 끈을 느슨히 쥔 채 조금씩 기어 나가면서 끈을 천천히 풀어 간다. 다락 바닥에 짚은 오른손으로 손전등을 들었더니 앞으로 나아갈 때마다 덜걱덜걱 소리가 나서, 창고 손잡이에 걸어 두기 위해 어머니가 단 끈 부분을 입에 물기로 했다. 그런 탓에 불빛은 내가 나아갈 때마다 흔들리며 여기저기를 비춰서, 마치 다락에 나타난 작고 변덕스러운 유령처럼 보였다.

색색의 끈은 도면을 보고 계산해 산출한 이웃집 옷장까지의 거리와 똑같은 길이만큼 이어 두었다. 그래서 똑바로 나아가는 것만

신경 쓰면 끝이었다. 실제로, 먼지 냄새가 자욱이 낀 어둠 속을 나아가는 동안, 이건 꼭 영화 〈대탈주 2차 대전 당시 어느 독일 포로 수용소를 배경으로 한 탈출 영화의 대표작〉 같은걸, 하고 생각할 여유도 생겼다.

끈의 끝부분까지 왔을 때 나는 조금 숨을 헐떡이며 바닥에 무릎을 짚었다. 손전등을 손에 들고 바닥을 비춘다. 팽팽히 당겨진 실처럼 가는 이음매를 발견하고 커터칼 날을 끼워 넣어 보았다. 칼날은 들어가기는 하지만 슥 빠져 버린다. 과연, 천판은 밑에서 밀어 올릴 때는 간단하지만 위에서 끌어 올리려 하면 일이 커진다.

'삼촌 말만큼 쉽지는 않은걸'.

땀을 훔치며 잠시 생각하다 이음새 부분에 절연 테이프를 붙이고, 여기까지 온 루트를 끈을 더듬으며 기어서 돌아갔다. 방으로 돌아와 책상 서랍을 휘젓다가, 쓰다 만 볼펜이나 매직펜이 꽂혀 있는 연필꽂이 밑바닥에서 간신히 찾던 물건을 발견했다.

접착테이프가 붙은 벽걸이용 고리.

그것을 두 개 주머니에 넣고, 이것만으로는 금방 떨어져 버릴지도 모른다는 생각에 강력 순간접착제도 주머니에 넣었다.

그러고는 다시 〈대탈주〉.

다락은 먼지투성이다. 이물이 묻은 곳에는 접착테이프가 잘 붙지 않는다. 그래서 어머니가 고생했던 일을 떠올리고, 나는 셔츠 옷자락을 잡아당겨 바닥을 깨끗하게 닦고 나서 고리를 붙였다.

들어 올린다. 천판은 약간 저항하며 고리 접착 부분이 지직 하고 소리를 냈다. 그러더니 천천히 올라오기 시작했다.

나프탈렌 냄새와 은색으로 반짝이는 옷걸이 봉. 정확히 옷장 바로 위로 나왔다.

 나는 신중하게 천판을 원래대로 돌려놓고, 다시 한 번 고리를 이용해 들어 올리며 괜찮을지 확인했다.

 오케이였다.

 그날.

 두시에 늦지 않게 조퇴할 수 있었다. 만에 하나 선생님이 무심코 창문 밖을 보다가 머리가 깨질 듯 아프다던 학생이 어떻게 저렇게 전속력으로 달릴 수 있을까, 하고 생각하지 않도록, 골목을 하나 완전히 돌아가 학교 건물이 보이지 않을 때까지 얼굴을 찌푸리며 고개를 숙이고 걸었다. 그다음부터는 쭉 달렸다.

 집 근처까지 왔을 즈음부터 발걸음을 늦추고 호흡을 가다듬으며 천천히 정원 쪽으로 돌아가 보았다. 낮은 벽돌 담장과 울타리로 균등하게 나뉜 정원 너머로 일층 거실에 있는 미사코 씨의 모습을 볼 수 있었다. 레이스 커튼 너머로 보이는 어렴풋한 실루엣. 안으로 들어갔다 창가로 돌아왔다, 소파에 올려놓은 가방 안을 휘저었다 하고 있다. 밀리가 짖는 소리도 들린다.

 예상했던 일이기는 했지만, 그날도 도모코는 학교에 가지 않았다. 발소리를 듣고 방에서 나오더니 일찍 돌아온 나를 보고 깜짝 놀란다.

 "무슨 일이야?"

 여동생의 얼굴은 잠옷에 지지 않을 정도로 하얗다. 컨디션도 나빠 보인다.

"선생님이 감기라서 일찍 끝나 버렸어."

나는 주방으로 들어가 컵에 가득 따른 물을 단숨에 마셨다.

"너, 아직 열이 내리지 않았지? 제대로 누워 있지 않으면 안 되잖아."

도모코를 방으로 밀어 넣고 셔츠와 가벼운 면바지로 갈아입었을 즈음 현관 벨이 울렸다. 정확히 두시다.

삼촌은 나만큼 긴장하고 있는 낌새도 없었다. 상식 밖의 주인으로부터 불운한 개 한 마리를 해방시켜 주는 게 다니까, 긴장할 필요가 없는지도 모른다.

"그건 뭐야?"

나는 삼촌이 손에 들고 있는 작은 서류 가방 크기의 등나무 바구니를 가리켰다.

"여기에 밀리를 넣어서 차까지 옮길 거야. 휴대용 이동장 같은 멋진 물건은 손에 넣을 수 없었거든."

손을 뒤로 뻗어 문을 닫는다.

"도모코는?"

"방에 있어."

둘이서 계단을 올라가는 사이에도 깨진 양철 캔을 두드리는 듯한 밀리의 목소리가 들려온다.

"옆집은 아직 있어?"

"응. 하지만 내 방이나 도모코 방 창문으로 보면 외출할 때는 금방 알아."

삼촌은 평소와 달리 라운드넥 티셔츠에 꽤나 낡은 청바지 차림이었다. 다락으로 올라갈 테니까 말이야. 나는 그 옷차림을 보며 심장이 두세 번 제자리걸음을 하는 걸 느꼈다. 가택 침입이라고, 이봐.

그런 것이다. 동네 개를 잠깐 데리고 오는 것과는 다르다.

삼촌이 도모코의 방에 얼굴을 들이밀고 털썩 주저앉아 버렸기 때문에, 나는 내 방과 동생 방을 왔다 갔다 하면서 창문으로 상황을 살피고 있었다. 두시 십오분이 넘어서, 미사코 씨가 밖으로 나와 현관문을 잠그는 모습이 보였다. 배웅이라도 하듯이 밀리가 요란하게 짖고 있다.

미사코 씨는 빠른 발걸음으로 주차장을 향해 간다. 나는 무의식적으로 손톱을 깨물면서 그녀의 파란색 차가 게이트를 빠져나가는 모습을 지켜보았다.

그러고는 애써 스스로를 진정시키며 도모코의 방으로 돌아왔다.

"삼촌."

문손잡이에 손을 걸치고 몸을 내밀며 말을 걸었다.

"아버지하고 어머니도 어차피 저녁까지 안 돌아올 텐데, 그때까지 있을 수 있지? 내 숙제 좀 봐 줄래? 오늘 선생님이 쉬는 바람에 대신 숙제가 왕창 나왔거든."

"좋아."

삼촌은 대답하며 침대에 앉은 도모코 위에 덮인 이불을 툭 하고 두드렸다.

"자아, 도모코는 좀 자야지."

"안녕히 주무세요."

동생은 순순히 대답하고는 베개에 똑바로 머리를 얹고 눈을 감았다.
 복도로 나왔다.
 "방금 나갔어."
 "좋아, 그럼 시작할까."
 방으로 들어온 나는 우선 문을 잠그고 사전 조사 결과를 삼촌에게 설명했다.
 "헤에…… 잘했잖아."
 "영화를 흉내 냈어."
 "그만큼 확실히 사전 조사를 하고 표식도 붙어 있으면 나 혼자 올라가도 되겠다. 너는 여기서 기다리고 있다가 밀리를 받아 줘."
 삼촌은 어질러진 내 방 안에서 그럭저럭 등나무 바구니를 놓을 공간을 찾아냈다. 바구니를 열자 안에 비닐 봉비에 든 하얀 천이 있다.
 "이게 뭐야?"
 "클로로포름이야. 밀리 마취용. 병원에서 가져왔지. 슬쩍하는 데 고생했다니까."
 나는 사전 조사를 할 때와 마찬가지로 옷장 내용물을 꺼냈지만, 이번에 발판은 필요 없었다. 삼촌은 팔 힘만으로 다락으로 올라갔고, 밑에서 내가 손전등과 마취용 꾸러미를 건네주었다.
 그때 문에서 노크 소리가 났다.
 "오빠, 신문 대금 받으러 왔어. 오빠가 나가 줘."
 나는 혀를 찼다. 삼촌은 어둠 속에서 작은 목소리로 말했다.

"가 봐……. 손전등으로 표식을 찾으면 되니까 간단해."

나는 끄덕이고 방을 나갔다. 동생에게 보이지 않게 재빨리 문을 닫았다.

"이상하네. 평소에는 일요일에 받으러 오잖아."

도모코는 곤란한 얼굴로 끄덕였다.

"응, 인터폰으로 물어봤더니 지난번 사람하고 바뀌었대. 나, 잠옷 차림이라 나가기 싫어."

알았어 알았어, 하고 말하며 나는 주방으로 들어가 선반 위의 과자 상자를 열었다. 우리끼리 집을 지키고 있다가 갑자기 현금이 필요하게 될 때를 대비해 어머니는 늘 여기에 만 엔 정도 준비해 놓는다.

새로운 수금원은 나와 대여섯 살밖에 차이가 나지 않아 보이는 젊은 아르바이트생이었다. 도모코가 쑥스러워할 만하다. 만 엔짜리 지폐를 내자 그는 익숙하지 않은 손길로 검은 돈가방 안을 뒤지더니 "잔돈 없어?" 하고 귀찮다는 듯이 말했다.

"없습니다."

"곤란하네."

그건 이쪽이 할 말이야. 나는 조바심이 났다. 밀리가 짖는 소리가 벽 너머로 들려온다. 삼촌은 어떻게 된 걸까. 아직 다락에서 헤매고 있나…….

위쪽 어딘가에서 덜컹! 하는 소리가 났다. 나는 흠칫했다.

"여기, 거스름돈."

수금원은 천 엔짜리 지폐 일곱 장과 백 엔짜리 동전 두 개를 움켜쥐고 내밀었다. 뭐야, 잔돈 갖고 있으면서, 하고 생각하며 나는 잔돈을 받아 들고 과자 상자에 던지듯이 넣고는 이층으로 뛰어 올라갔다.

방으로 달려 들어가 옷장 위의 어둠을 올려다보았다. 아직 돌아오지 않았다. 밀리의 목소리도 들리고 있다. 삼촌, 애먹고 있는 걸까. 걱정되기 시작했다. 뒤를 쫓아가 볼까……. 아니면 밖으로 나가 정원에서 창문 너머로 상황을 보는 편이 나을까…….

후자가 낫겠다고 생각하며 방을 나와, 두 계단씩 계단을 내려가 밖으로 나갔다. 운동화 뒤축을 꺾어 신은 채 정원으로 돌아가서 이웃집 거실을 슬쩍 엿봤다. 레이스 커튼 너머로는 삼촌도 밀리도 보이지 않는다. 몸을 뻗어 보거나 뛰어오르거나 하며 잠시 쓸데없는 노력을 하고 나서, 다시 달려 우리 집 이층으로 돌아왔다.

내 방으로 돌아와 보니 이상하게 창백한 얼굴을 한 삼촌이 옷장 밑에 주저앉아 있었다.

"했어?"

나는 조급하게 물었다.

대답은 필요 없었다. 옆집에서 밀리의 기운찬 목소리가 들려왔기 때문이다.

"뭐야, 실패했어?"

같이 주저앉고 싶은 기분이었다.

삼촌은 대답 없이 일어서서 옷장 천판을 원래대로 돌려놓았다. 보니 고리도 확실히 회수했다.

"어떻게 된 거야?"

삼촌은 내 침대에 엉덩이를 걸쳤다. 이제 얼굴이 창백하지는 않다. 뺨이 느슨해져 있다.

"엄청난 걸 발견했어."

어리둥절해하는 내게 삼촌은 바지 뒷주머니에서 비닐 봉지에 넣고 고무줄로 묶은, 제법 부피가 큰 물건을 꺼내 보였다. 뭔지 전혀 알 수가 없다.

"이게 뭐야?"

"잘 봐."

삼촌은 내 또래 소년으로 돌아가 버린 양 장난꾸러기 같은 웃음을 띠었다.

"이거, 인감하고 통장이야."

"인감?"

"도장이라고, 도장. 그러니까, 비밀 계좌를 만들 때 쓴 은행용 도장이야."

나는 고무줄을 빼고 봉투를 열어 안을 들여다보았다. 확실히 막도장 다섯 개와 알록달록한 예금통장이 마찬가지로 다섯 개.

삼촌은 설명했다.

"표식 고리는 손전등으로 비추니 금방 찾을 수 있었어. 고리를 잡아당겨 열고 천판을 옆으로 치워 보니, 남은 천판 쪽의 내용물이 보였다는 말이지."

"천판의 내용물?"

"움직이지 않는 쪽 천판은 안쪽이 조금 파져 있었던 거야. 그리고 거기에 이게 숨겨져 있었지."

나는 손 안에 있는 인감과 통장을 바라보았다.

"이거, 탈세지……?"

"당연하지."

"하지만 이걸 가져와 버리다니 어떻게 할 거야? 원래 자리에 도로 갖다 놓고 세무서에 익명으로 전화하는 편이 좋지 않을까?"

"정말로 그렇게 생각하냐?"

삼촌은 물었다.

"남한테 실컷 폐를 끼쳐 놓고 모르는 척하는 주제에 이렇게 비밀 계좌를 만들어 탈세하고 있단 말이야, 이웃분께서는. 억울하지 않아?"

"그야 억울하지만……."

막도장의 이름은 '사토', '다나카', '스즈키' 등 흔한 이름이다. 통장 예금 액수는 계산기로 대충 합계를 내 보니 삼천오백만 엔 정도였다.

세상에는 불공평한 일이 산더미처럼 많다…….

"나한테 생각이 있어."

삼촌이 말했다.

"어떤 생각?"

나는 조심스럽게 물었다.

"옆집을 확실하게 세무서에 신고하고, 동시에 조금은 이쪽도 득을 볼 만한 방법이 말이야. 득이라기보다 지금까지 밀려 때문에 받은 정신적 고통의 위자료라고 할까."

나는 바닥에 주저앉았다. 이런 일은 간단히 정할 수 없다고…….

그야 우리 식구들은 모두 밀리 때문에 굉장히 시달렸지만…… 하지만.

"그렇게 잘될까?"

"확실히 보장하마."

밀리가 짖고 있다.

"애초의 목적이었던 밀리는 어떻게 할 건데? 또 참으라고?"

"옆집이 탈세로 잡히면 밀리도 없어질 테니까 잠깐만 참아."

"밀리가 없어진다고?"

도모코의 목소리다. 열려 있는 문 옆에 깜짝 놀란 얼굴로 서 있다. 허둥거리느라 문을 잠그는 것을 잊고 있었다.

"삼촌도 오빠도 아까부터 뭔가 이상하다 싶더니……. 밀리를 어떻게 하려는 거야?"

도모코는 여자아이 특유의 날카로움으로 인감과 통장을 알아챘다.

"그건 뭐야?"

결국 우리는 처음부터 모든 것을 도모코에게 설명하는 신세가 됐다. 어떤 반응을 보일까 싶었는데, 얘기를 전부 들은 후 눈을 깜빡거리며 이렇게 말했다.

"밀리 얘기라면 굳이 다락을 기어가지 않아도 좀 더 간단한 방법이 있는데. 나, 옆집 아줌마가 여벌 열쇠를 숨겨 둔 곳을 알아."

나와 삼촌은 얼굴을 마주 보았다.

"어떻게 그런 걸 아는데?"

"학교도 안 가고 혼자서 집에만 있어도 심심하니까 창문으로 밖을 보고 있을 때가 있거든. 바로 얼마 전 일인데, 옆집 아줌마가 집에 없을 때 찾아온 남자가 현관 옆에 있는 화분 밑에서 열쇠를 꺼내 안으로 들어가는 걸 봤어."

"과연. 자기가 없을 때 남자가 오면 깜빡하고 열쇠를 가져오지 않아도 안으로 들어갈 수 있도록 해 놨군."

삼촌은 끄덕이고 시계를 보았다. 세시가 조금 지난 시각이다.

"좋아, 마코토. 처음 계획대로 밀리를 데리러 가자. 그 후의 일은 그다음에 생각하자고."

우리는 가만히 밖으로 나왔다. 조금 후텁지근한 평일 오후. 라코포 전체가 꾸벅꾸벅 잠들어 있는 듯하다. 게다가 3호동은 다른 동 창문에서는 보이지 않는 위치에 있고 앞은 공원 철책뿐이다. 내가 보초를 서며 사람이 없음을 확인하고 삼촌이 여벌 열쇠를 이용해 옆집 안으로 잠시 실례했다.

현관문에 등을 대고 서 있으려니 낮은 휘파람 소리가 들렸다. 그 소리에 반응하며 밀리가 짖는다. 그러더니 금방 조용해졌다.

오 분도 걸리지 않았다. 삼촌은 밀리를 소중하게 안고 재빨리 우리 집 현관으로 뛰어들었다. 나는 원래대로 문을 닫고 열쇠를 원래 있던 곳에 놓고 나서 집으로 돌아왔다.

삼촌은 등나무 바구니 안쪽에 보자기를 한 장 깔고, 그 위에 조심스럽게 밀리를 뉘였다. 이름을 수놓은 붉은 목걸이와 얇은 조끼가 입혀져 있다.

"죽었어?"

도모코가 걱정스럽게 묻는다.

"그냥 잠들었을 뿐이야. 이제부터 좀 더 좋은 주인이 길러 줄 테니까 말이야."

나는 밀리를 바라보았다. 해될 것 없는 자그마한 개다.

"목걸이랑 조끼는 벗기는 게 좋겠어."

나는 말했다.

"봐, 앞부분에 밀리 이름이 들어가 있잖아."

삼촌도 그것을 깨닫고 신중한 손놀림으로 목걸이와 조끼를 벗겼다. 그러고는 내게 내밀었다.

"이거하고 아까 그거, 일단은 마코토에게 맡겨 둘게. 아직은 필요 없으니까 말이야."

"우리는 어떻게 하면 돼?"

"지금은 그냥 모르는 척하고 있으면 돼. 옆집 사람이 허둥거리면 위로해 주고, 함께 근처를 찾아봐 줘도 좋고."

"범인이면서 좋은 사람인 척하라는 얘기네."

도모코가 조금 재미있다는 듯이 웃었다. 지금은 나보다 더 의욕을 보이는 듯하다.

"꼭 『지킬 박사와 하이드』 같아."

마취 효과가 사라지기 전에 새로운 주인의 집으로 데리고 가는 게 좋을 테니까, 하며 삼촌은 금방 돌아가 버렸다. 부디 인감과 통장을 단단히 보관하고 있어 다오, 나중 일은 연락할 테니까 걱정 안 해도 돼. 나는 잔뜩 불안해져서 맡은 물건과 밀리의 목걸이와 조끼를 내 책상 서랍 가장 아랫단, 유일하게 자물쇠가 달린 장소에 집어넣었다. 어느 쪽이든 부모님에게 들켜서는 안 된다.

우리 이웃의 범죄 41

다섯시 넘어서 미사코 씨가 돌아왔다. 나는 흠칫거리며 옆집의 기척에 귀를 기울였다.

미사코 씨는 삼십 분은 족히 밀리의 이름을 부르며 온 집 안을 찾아다녔다. 목소리가 점점 새되어지더니 이윽고 타박타박 밖으로 나가는 발소리가 났다. 잠시 후 관리인과 함께 돌아왔는데, "아니, 못 봤어요", "벽장에서라도 자고 있는 거 아닙니까?" 하며 귀찮아하는 목소리가 들려왔다.

마침내 미사코 씨는 우리 집까지 찾아왔다. 벨을 몇 번이나 울린다. 문을 열자 창백한 얼굴로 서 있다.

물론 나도 도모코도 모르는 척했다. 연기 면에서는 도모코 쪽이 훨씬 나았다. 밀리 이름을 부르며 근처를 함께 찾아봐 주기까지 했으니까. 나는 흥미 없는 척 방에 틀어박혀 목걸이가 들어 있는 서랍을 바라보고 있었다. 무심코라도 열었다가는 서랍이 무슨 말을 떠들어 댈 것 같았다. 솔직히 말해서 나는 완전히 겁을 먹었다.

저러다가 미사코 씨, 경찰에 연락할지도 모르겠는걸……. 그렇게 생각하니 위가 찌릿찌릿 아프기 시작했다.

그런데 저녁이 되자 미사코 씨는 수색도 그만둬 버렸고, 라 코포로 경찰 아저씨가 찾아오는 일도 없었다. 110번 신고는 하지 않으려는 모양이다.

어떻게 된 일일까? 나는 침대에 드러누워 이것저것 생각했다. 도모코는 완전히 흥분해서 얌전히 자기는커녕 열이 있다는 사실조차 잊고 있는 듯했다.

"재미있어졌네, 오빠."

양손으로 입가를 가리며 나를 보고 그렇게 속삭였다. 나는 절절히 느꼈다. 여자는 무섭다.

3

 다음 날 밤, 삼촌에게 전화가 걸려 와서 그제야 우리도 사정을 알게 되었다.
 "뭘 했다고?"
 나는 나도 모르게 큰 소리를 냈다가 당황해서 수화기를 손으로 덮었다. 어머니가 귀 밝게 그 소리를 듣고 주방에서 나왔다.
 "무슨 일이니? 누구한테 온 전화야?"
 정말이지, 어머니 귀는 어떻게 생겨 먹었는지. 그 귀에 들어가게 하고 싶지 않은 일만 쫑긋하고 반응하는 안테나는 거의 스파이 위성급이다.
 "아무것도 아니야, 친구 전화."
 나는 손짓을 섞어 대답하고는 어머니가 앞치마로 손을 닦으며 가 버리는 것을 지켜보았다. 그러고서 전화기에 바짝 달라붙었다.
 "뭘 했다고 했어? 방금."
 "협박을 했다고 했어."
 삼촌은 태연히—적어도 목소리는 그랬다—대답했다.
 "뭐라고 했어?"
 "그러니까—."

"아니, 그 내용 말이야."

"댁이 탈세하고 있다는 증거를 잡았다. 돌려받고 싶으면 돈을 내라."

삼촌은 간결하게 말했다.

"댁의 개도 데려왔다."

나는 눈을 감았다.

"저 인감과 통장을 구실로 거래를 하려는 거네. 그렇지?"

"정답."

잠시 말이 나오지 않았다. 그건 그렇고 삼촌이 어떻게 미사코 씨의 전화번호를 알지?

"밀리를 데리러 갔을 때 거실 구석에 있는 전화대가 달린 의자를 발견했어. 이웃집 특수 관계 미녀는 깔끔한 글씨로 자신의 전화번호를 버튼 위에 적어 붙여 놨더라."

나는 우리 집 전화기를 보았다. 우리 것도 그렇게 되어 있다. 그렇군.

"그래서 그쪽에 그렇게 말했어? 인감과 통장을 옷장에서 훔쳤다, 하고."

"그렇게는 말하지 않았지. 만에 하나의 일이 있을지도 몰라서 말이야."

"만에 하나라니……."

"저 통장도 인감도 전부 아무렇게나 만든 이름뿐이었잖아? 물론 탈세용이니까 그게 당연하지만, 그래서 그것들이 하시모토 미사코와 애인의 물건이라는 백 퍼센트 확실한 근거는 없다는 얘기야. 어쩌면 이전에 그곳에 살던 주민이 잊고 두고 간 물건일 수도 있으니까 말이야."

"그런가. 그런 물건을 잊기도 하나."

이곳으로 이사 올 때 어머니는 우리 집 통장이나 도장을 전부 벨트 파우치에 넣어 배에 감고 있었다.

"그렇진 않을 거라 생각하지만, 확실을 기하기 위해서는 이쪽에서 먼저 패를 보여서는 안 되잖냐. 그래서 '탈세의 확실한 증거를 잡았다, 댁에서 뭐가 없어졌는지 알고 있을 테지' 하고 물은 거야."

목이 타기 시작했다.

"하시모토 씨는 뭐래?"

"알고 있어, 어떻게 하면 돌려줄 거야, 라고 하더군. 그래서 이천만 엔으로 타협하자고 말했더니 자기 혼자서는 결정할 수 없으니까 조금 기다려 달라고 했어. 물론 남자와 의논하기 위해서일 테지. 그래서 두 시간 후에 걸어 보니 이천만 엔으로 오케이 하겠다고 대답했어."

"통장에 들어 있는 예금액의 반이 조금 더 되네."

"그렇지. 그때 그 여자가 어째서 자기 집에서 훔친 걸 바로 현금으로 만들지 않았냐고 묻기에, 이런 위험한 거 당치도 않아, 댁이 도로 사 주는 게 제일이다, 하고 말해 줬지."

"그렇네……. 비밀 계좌 개설은 은행도 알고서 한 일일 테니까, 삼촌이 돈을 인출하러 가도 잘되지 않을 테지. 잘못하면 들킬지도……."

"그렇지? 중학생도 아는 이치야. 전화를 건 게 어제 여섯시 즈음이었나. 그러니 밀리가 없어졌어도 110번 신고조차 하지 않았을 거야. 개 도둑을 붙잡는다는 건, 자신들의 탈세를 뻔히 알면서도 발각되게 두는 일이 될 테니 말이야. 이천만 정도는 싸지."

그런가. 그래서 미사코 씨는 별안간 뚝 하고 잠잠해져 버린 것이다.

나는 어제 미사코 씨가 돌아온 후의 상황을 이야기했다. 도모코가 실로 천연덕스럽게 연기를 했던 일도.

"제법이잖아."

"믿어지지 않는다니까. 녀석, 꽤나 똑 부러지더라고. 나는 속이 안 좋아질 것 같단 말이야."

삼촌은 웃었다.

"정신 똑바로 차려. 문화제 연극에서 악역이라도 연기하고 있다고 생각하면 되는 거야. 게다가 내가 너나 도모코를 겉으로 드러나게 할 리가 없잖아."

"하지만…… 어떻게 그 돈을 손에 넣을 생각인데? 이건 유괴나 마찬가지잖아. 유괴범은 대개 몸값을 건네받는 자리에서 붙잡히는 법이야."

"그건 확실히 준비할 테니까 괜찮아. 너희가 협력해 줬으면 하는 것도 거기부터거든."

"몸값을 받으러 가라고?"

내 목소리가 높아졌기 때문에, 어머니가 다시 미심쩍은 얼굴로 들여다보았다.

"그런 위험한 짓을 시킬까 봐. 오히려 계속 거기에 있어 줬으면 하는걸."

"집에? 집에서 뭘 하는데?"

"그건 그때 설명할게. 너하고 도모코만 집에 있고 아버지도 어머니도 한참 동안은 돌아오지 않는 건, 언제야?"

"평일에 우리가 학교에서 돌아오고 나서라면, 지금은 매일 그래. 아버지도 어머니도 저녁 일곱시 전에는 돌아온 적이 없으니까."

"좋아. 그럼 또 연락할 테니까. 아무 걱정도 하지 마. 잘될 거야."

"다음엔 언제쯤 연락해 줄 거야?"

삼촌은 잠시 침묵하고 나서 "글쎄…… 이 주일 정도면 될 거야" 하고 대답했다.

"모두들 상태는 어때? 잘 자고 있어?"

"그건 뭐, 환상적이야. 밀리가 없어졌다는 얘기를 듣고 아버지도 어머니도 기뻐해서 말이지, 어젯밤에는 모두 함께 외식했다니까."

"그거 잘됐구나. 마코토, 너도 이제 헤드폰은 그만 꺼."

전화를 끊자 어머니가 아까보다 조금 강한 목소리로 "무슨 얘기니?" 하고 물었다. 나는 대답했다.

"문화제 연극 의논."

약속대로 이 주가 지날 때까지는 아무 일도 일어나지 않았다. 나와 도모코는 노상 소곤거리며 얘기를 하게 되었다. 물론 앞으로의 일에 대해서다. 삼촌은 대체 뭘 계획하고 있을까. 이천만 엔을 내게 만들고 나서 세무서에도 탈세를 밀고할 수 있을 만한 준비라니,

대체 뭘까.

"너희, 요즘 꽤나 사이가 좋잖아. 무슨 일 있니?"

어머니에게 그런 소리도 들었다.

이상하게도 도모코는 최근 이 주 동안 열도 나지 않았고 자리에 드러눕는 일도 없었다. 매일 즐거워 보였고, 무거운 가방이라도 내려놓은 듯한 얼굴을 하고 있다. 밤에 잘 때 외에는 잠옷과도 완전히 연을 끊었다.

반대로 부모님은 점점 지쳐 지금은 얼굴 가득히 과부하 표시를 달고 있는 느낌이 되었다. 불면의 원인은 밀리의 소음만은 아니었으리라. 새로운 회사를 둘러싼 고전와 분투의 상황은, 내가 국어 과제 감상문을 쓰기 위해 읽고 있는 『콘티키 호 표류기』 같은 양상을 보이고 있었다. 다른 점은, 콘티키 호는 생환했지만 부모님 쪽은 침몰할 것 같다는 점뿐이다.

그런 모습을 보고 있는 사이에 내 마음은 조금씩 확고해져 갔다. 계획이 성공한다면 삼촌은 아버지와 어머니에게도 자세한 사정을 얘기할 테지. 밀리 때문에 겪은 정신적 고통의 위자료를 받겠다고 했다. 돈을 나누면 천만 엔. 지금의 우리에게는 얼마나 도움이 될 것인가.

해 주겠어. 증거를 삼키고 있는 서랍을 바라보며 나는 그렇게 중얼거리곤 했다.

그래서 딱 이 주일째에 삼촌에게 연락이 왔을 때는, 지난번처럼 속이 안 좋아지거나 하지 않았다.

"드디어 내일 돈을 받기로 했어."

"내일."

나는 꿀꺽 침을 삼켰다.

"그래. 내일은 너희, 몇 시쯤 집에 와 있니?"

내일은 수요일이다.

"네시에는 확실히 있을 수 있어."

"좋아, 그럼 정확히 네시에 그쪽으로 갈게."

4

다음 날 삼촌은 커다란 숄더백과 케이크 상자를 들고 찾아왔다. 딱 네시다. 도모코가 현관문을 열자,

"늘 집 지키는 당번이구나. 자, 선물" 하고 기운찬 목소리로 말하며 도모코에게 케이크를 건넸다.

"그렇게 느긋하게 있어도 돼?"

나는 걱정이 되었다.

"괜찮아. 이러는 편이 좋아. 옆집도 낯선 사람한테는 예민해져 있을 테니까. 너희 집에 훌쩍 삼촌이 놀러 왔다는 인상을 심어 놓아야지."

우리는 주방에서 케이크와 홍차를 앞에 두고 의논했다.

삼촌은 계획의 내용을 이야기해 주었다. 나와 도모코는 가만히 귀 기울여 들었다.

"인감과 통장을 발견한 그날 중으로 전화로 이천만 엔을 요구했

다는 얘기는 이미 했지. 그때 이쪽 형편이 좋아지면 연락할 테니까 돈은 바로 준비해 두라고 말해 뒀거든."

삼촌은 홍차를 마셨다.

"다만 돈은 말이지, 그냥 준비하기만 해서는 안 돼. 조건을 붙였어. 소포 우편이라고 아니?"

나도 도모코도 끄덕였다.

"소포용 전용 상자를 파는 것도?"

"알아. 그걸로 짐을 부친 적도 있는걸."

"소포 상자 중 가장 작은 상자에 돈을 채워 넣고 단단히 봉해 두라고 말했어."

"설마 보낼 주소를 적게 하진 않았지?"

"당치도 않아. 그저 봉해 놓으면 된다고 말했지. 그리고 어제 옆집에 전화를 걸어서, 내일 현금과 예의 물건을 교환하자고 연락했거든. 전화를 받은 사람은 하시모토 미사코였지만, 내일은 남자에게도 그곳에 있으라고 했어. 그러니 지금 옆집에서 초조해하면서 기다리고 있을 거야."

나는 케이크가 목에 걸릴 뻔했다. 갑자기 주방 벽이 매직미러가 되어 버려 건너편에서 전부 보고 있는 게 아닐까 하는 생각이 들기 시작했다.

"그러고 나서 어떻게 해?"

도모코가 재촉했다.

"이제부터 내가 하시모토 미사코에게 전화할 거다."

삼촌은 목소리를 낮췄다.

"내용은 말이지. 이쪽은 이인조다, 한 명이 어떤 장소에서 댁의 애인과 만난다. 또 한 명은 당신 집으로 가서 당신에게서 직접 소포 상자에 채운 돈을 받을 거다. 확실히 돈을 받았다고 확인한 시점에서 남자와 만나고 있는 동료와 연락을 취해 그쪽이 바라는 물건을 돌려주는 순서로 가겠다, 라는 거야."

"어디서 옆집 남자하고 만나?"

"어디든 좋아. 아무튼 여기서 멀리 떨어진 곳이라면. 요는 상대를 떼어 놓는 거니까."

나는 식은 홍차로 목에 걸린 케이크를 밀어 넣었다.

"그러고는 어떻게 하는데?"

"남자가 나간다. 그러면 옆집에 미사코와 돈이 든 소포 상자만 남잖아? 거기서 도모코가 등장하는 거야."

"나?"

도모코는 손가락으로 콧등을 가리켰다.

"그래. 옆집 남자가 나가면, 그 왜, 여기 주차장 뒤편에 담배 자판기가 있지? 거기로 담배를 사러 가 줬으면 해. 그때 가는 길에 저번에 밀리에게서 벗긴 조끼를 들고 가서, 주차장을 빠져나와 돌아올 때 적당한 곳에 버려. 그러고 나서 지금 처음으로 그걸 발견했다는 얼굴로 미사코에게 알려주러 가는 거야."

"아줌마, 주차장에 밀리 거랑 굉장히 비슷한 조끼가 떨어져 있어요."

도모코는 그렇게 말하며 살짝 웃었다. 정말이지 굉장한 배짱이라니까.

"조끼보다 목걸이가 낫지 않아? 더 효과적일 텐데."

도모코가 말했다. 나는 내 귀를 의심했다.

"아니, 목걸이는 주머니에 숨겨서 들고 가기 힘들어. 조끼라면 뭉칠 수 있잖아. 말할 내용은 그런 느낌이면 돼. 그렇게 해서 미사코를 주차장으로 잘 데리고 나와 줬으면 하거든. 도모코는 요전에 함께 밀리를 찾는 척도 해 줬잖아? 그 여자도 분명 믿고 나와 줄 거야."

"문을 열고 방 안에 돈을 남긴 채, 말이지."

나는 말했다. 겨우 자신의 역할을 이해했다.

"너무해……. 그 틈에 내가 훌쩍 돈을 가지러 가는 거지? 내가 삼촌보다 몸이 훨씬 작으니 재빠르게 처신할 수 있으니까."

"아니, 틀렸어."

삼촌의 입가가 살짝 풀렸다.

"그냥 가지러 가는 게 아니야. 바꿔치기하러 가는 거야."

삼촌이 커다란 백에서 가장 작은 사이즈의 소포 상자를 꺼내는 모습을 나는 멍하니 바라보았다. 아직 뚜껑이 봉해져 있지 않다. 삼촌은 그것을 테이블에 얹고 뚜껑을 열었다. 안에는 고무줄로 묶은 신문지가 들어 있다.

"고심했다니까. 적에게 돈은 반드시 만 엔짜리 지폐로 백만 엔 스무 묶음이라고 지정해 뒀잖아. 없는 은행 잔고를 다 비워 가면서 백만 엔을 인출해서 한 묶음의 무게를 계산한 다음, 그걸 스무 배로 한 무게보다 조금 모자랄 때까지 신문지를 넣었어. 바꿔치기해도 들었을 때 무게가 바뀌면 눈치 챌 테니까. 신문도, 역 쓰레기통이며 신문 교환 박스 속을 뒤져서 꼬리가 잡히지 않도록 신경 쓰면서 말이지."

나는 눈을 크게 떴다.

"그런데 조금 모자라게라니 무슨 의미야? 똑같은 편이 좋지 않나?"

"아직 이 안에 넣을 게 있거든."

삼촌은 또 장난스러운 얼굴을 했다.

"알았다! 통장하고 인감이지?"

도모코가 억누른 목소리로, 하지만 얼굴을 빛내며 말했다.

나는 기절할 뻔했다. 세상에 이런……

"그러면 탈세 증거를 저쪽에 돌려줘 버리는 게 되잖아. 어떻게 세무서나 경찰에 밀고할 건데? 은행 이름이나 계좌번호라도 메모해 뒀어?"

도모코가 몸을 내밀었다.

"그건 나중의 즐거움으로 남겨 두자고."

삼촌은 웃었다.

"그럼 시작할까. 귀여운 조카님들."

삼촌은 준비성 좋게 수술용 장갑을 하나 가지고 왔다. 그것을 끼고, 통장과 인감이 든 비닐 봉투도 깨끗하게 닦고, 이쪽에서 준비한 소포 상자 바깥 면도 만일을 위해 두 번이나 닦았다. 지문이 묻으면 위험하니까.

그러고 나서 옆집에 전화를 걸었다. 현관 옆 작은 유리창에 달라붙어 상황을 보고 있으려니, 얼마 지나지 않아 미사코 씨의 애인이 뚜벅뚜벅 밖으로 나간다. 삼촌은 신주쿠 역 동쪽 출구 광장으로 가라고 지정했다. 이쪽은 당신의 얼굴을 알고 있으니 말을 걸겠다, 그때까지 기다려라. 그곳은 언제나 인파로 붐비고 있으니, 옆집 남자는 만날 약속을 한 연인들이며 대학생 무리를 헤집지 않으면 안 될 테지.

남자가 밖으로 나가고 오 분 뒤, 주머니에 밀리의 조끼를 숨긴 도모코가 담배를 사러 나갔다. 손 안에 삼촌에게 받은 잔돈을 쥔 채 정말로 그저 담배를 사러 나가는 듯한 모습이다. 저 녀석, 장래에 여배우도 될 수 있겠어, 하고 나는 생각했다.

나는, 삼촌을 대신해 수술용 장갑을 끼고 신발은 신지 않고 양말 차림으로, 현관 안쪽에서 필사적으로 숨을 고르고 있었다.

얼마 지나지 않아 도모코의 발소리가 들려왔다. 뛰고 있다. 옆집 벨소리가 울린다. 목소리가 난다.

"아줌마, 저기 주차장에서—."

연습한 대사와 말투 그대로다. 대단하다니까, 정말로.

"정말? 어디에 있는데?"

미사코 씨의 조급한 목소리가 났다. "이쪽, 이쪽이요" 하고 도모코가 그 손을 끌고 간다. 두 사람의 모습이 주차장 방향으로 사라졌을 때, 삼촌이 가만히 내 등을 밀었다. 나는 소포 상자를 껴안고 옆집 문으로 달려갔다.

문은 반쯤 열려져 있다. 손잡이에는 손을 대지 않고 틈으로 들어갔다. 우리 집과 구조는 똑같을 텐데도 완전히 인상이 다른 거실이

나왔다. 라 코포가 분양으로 나왔을 때의 모델 하우스 사진 같다. 깔끔하게 정리되어 있고 왼쪽 주방으로 통하는 짧은 통로에는 예쁜 유리구슬 발이 걸려 있다.

소포 상자는 거실 소파 위에 놓여 있었다. 나는 종종걸음으로 다가가 그것을 옆으로 치우고, 안고 있던 쪽 소포 상자를 똑같은 장소에 봉해진 위치가 똑같게 되도록 해서 내려놓았다. 소포 상자를 안고 달려 돌아오려 하는데, 소파 너머에 있는 거울에 사람 그림자가 비치는 바람에 심장이 펄쩍 뛰었다. 내 얼굴이다. 나는 이 사이로 숨을 들이마시며 도망쳐 나갔다.

우리 집 현관으로 달려 들어가, 기다리고 있던 삼촌을 붙들고 매달리다시피 했다.

"해냈어어."

쌕쌕거리며 겨우 그렇게 말할 수 있었다. 우리가 주방으로 돌아왔을 때 미사코 씨와 도모코가 뭔가 얘기를 하며 주차장에서 돌아왔다. 도모코는 "이상하네요" 같은 소리를 하며, 언짢은 얼굴로 문을 닫고 체인을 걸었다.

돌아서자 얼굴 표정이 바뀌었다.

"잘됐어?"

나는 의자에 주저앉은 채 손으로 오케이 사인을 보냈다. 삼촌은 소리를 죽이고 웃음을 터뜨렸다.

우리는 주방으로 돌아왔다. 삼촌은 소포 상자를 받쳐 들고 가만히 테이블에 올려놓았다.

"다음엔 어떻게 해?"

도모코는 의자로 기어 올라갔다.
삼촌은 시계를 보았다. 다섯시 사십분이다.
"아직 이른걸……. 그것보다, 이걸 열어 볼까."
나도 도모코도 의자 위에 정좌했다. 삼촌은 마술사처럼 짐짓 거창하게 봉해진 상자를 갈랐다.
뚜껑이 열린다.

만 엔짜리 지폐 다발이 다섯 줄, 정확히 줄지어 있었다. 나도 모르게 휘파람을 불 것 같아 입을 눌렀다.
"그럼—" 하고 삼촌이 상자 안으로 손을 넣으려 한 순간, 현관 벨이 울렸다. 우리는 밀랍 인형처럼 정지했다.
"엄마야."
커다란 목소리가 났다.
"마코토? 도모코? 와 있지?"
삼촌은 판토마임으로 '이거, 우선 마코토의 방에 숨겨'라고 지시했다. 나는 또다시 소포 상자를 껴안고 달렸다. 도모코가 "네—에" 하고 느릿한 목소리로 대답하고 천천히 현관문을 열어 나갔다.
어머니가 주방으로 들어왔을 때 나는 계단을 내려오고 있었다.
"어라, 다케히코. 와 있었니?"
어머니는 말했다.
"누나 왔어?"
"오늘은 꽤 일찍 왔네."
자신의 목소리가 떨리지 않으면 좋겠다고 생각하며 말했다.

"응……. 클라이언트한테 바람을 맞아 버려서 말이야. 아버지는 아직 일을 하고 있지만 엄마는 왠지 피곤해져서. 너희 얼굴이 보고 싶어졌거든."

"삼촌이 사 온 케이크가 있어."

도모코가 일어서 다시 홍차 포트를 데우기 시작했다.

삼십 분 정도 지나자 삼촌이, "매형하고 반주할 맥주라도 사 올까" 하며 일어섰다. 감이 딱 오기에 "나도 같이 갈게" 하고 말했다.

우리는 상점가의 주류 가게까지 어슬렁어슬렁 걸었다. 도중에 삼촌은 공중전화로 들어갔다. 반쯤 연 문에 다리를 걸치고 나도 함께 들어갔다.

삼촌은 하시모토 미사코 씨의 번호를 돌렸다. 벨이 세 번 울리고 상대가 받았다.

"여보세요? 지난번 그 사람입니다만."

삼촌은 뜻밖에도 정중하게 말했다.

"그쪽으로 찾아뵈려고 했습니다만 말이지요. 관리인이 있지요? 위험하니 역시 돈을 들고 나와 주시지 않겠습니까. 예에, 이쪽으로서도 돈을 받지 못하는 한 주인분께 돌려드릴 수도 없고……."

미사코 씨가 뭔가 말하고 있다.

"속일 생각 따윈 없어요. 그렇게 해 봤자 이쪽은 한 푼의 이득도 없으니까요. 알겠습니까, 딱 한 번만 말할 테니까 잘 들으세요. 틀리지 마십시오. 중앙선의 요쓰야 역 앞에, 으음, 개찰구는 요쓰야 출구로 나오는 겁니다……. '펄'이라는 찻집이 있습니다. 거기에 말이지요, 경마 신문을 든 머리 긴 여자가 있습니다. 금방 아실 겁니다. 경마 신문을 들고 있는 여자가 흔하지는 않으니까요. 그 여자가 돈을 받을 겁니다. 가게로 들어가면 여자 맞은편에 앉아서 이렇게 말해 주십시오. '약속한 물건입니다, 빨리 해 주십시오.' 그게 암호입니다. 소포 상자 그대로 여자에게 건네주십시오."

미사코 씨는 알겠다고 대답한 모양이다. 삼촌은 전화를 끊었다. 우리는 전화박스에서 나왔다.

"어떻게 된 거야?" 나는 물었다. "그런 여자 없잖아? 그냥 바람맞히는 것뿐이잖아. 그렇게 해서는 탈세 밀고가 안 된다고."

삼촌은 느긋한 발걸음으로, 얼굴에는 만족스러운 웃음을 띠고 있었다. 그러고는 혼잣말처럼 말했다.

"이름은 말할 수 없지만―이라기보다 이름은 상관없나―어떤 간호사가 있거든. 사람이 좀 그래서 말이지. 병원의 사무과 여자들도 다들 싫어해. 나도 업무 관련해서 심한 일을 당한 적이 있고."

나는 말없이 삼촌에게 보조를 맞추었다.

"그런데 그 간호사 집에, 우리가 밀리를 유괴한 다음 날부터 장난 편지가 날아들기 시작했어. 그녀는 맨션에서 혼자 살고 있어서 말이지. 주소는 직원 주소록에 실려 있으니까 간단히 조사할 수 있거든……. 그녀에게 심한 일을 당한 누군가가 문서로 반격했다는 얘기지."

"그거 손 글씨?"

"아니, 워드프로세서야."

"아, 그래."

"그 간호사는 그런 일을 당하고 가만히 있을 성격이 아니야. 덤으로 장난 편지는 그 후에도 몇 통인가 계속되었어. 그녀는 경찰에 신고했지. 그리고 드디어 어제 소인의 편지에서 장난 편지의 범인은 돈을 요구해 온 거야. 훌륭한 협박이지. 내놓지 않으면 네 목숨이 위험하다, 라고 하니까 말이야. 돈을 건네받으러 지정한 날이 오늘. 시각은 오후 일곱시 삼십분. 장소는 요쓰야 역 앞의 찻집 '펄'. 표식으로 경마 신문을 가져오라고 적혀 있었어."

"내가 범인이라면 뭔가 암호를 말하게 할 텐데."

"그렇지. 범인도 그렇게 생각했어. 암호는 '약속한 사람입니다, 빨리 해 주십시오'라는 문장이야."

삼촌의 말을 듣고 나는 천천히 말했다.

"일본어란 편리하구나. '모노$_{もの}$'에도 두 가지 한자가 있어서, '물건$_{物}$'이라고 쓰느냐 '사람$_{者}$'이라고 쓰느냐에 따라서 의미가 달라지니 말이야$_{물건을 뜻하는 한자 '物'과 사람을 뜻하는 한자 '者' 둘 다 일본어로는 모노라고 읽는다.}$"

상상해 보았다. 미사코 씨는 "약속한 물건$_{物}$입니다, 빨리 해 주십시오" 하고 말한다. 간호사는 "약속한 사람$_{者}$입니다, 빨리 해 주십시오"라고 듣는다…….

"삼촌."

"응."

"간호사는 당연히 경찰에 연락해서 '펄' 가게에 잠복해 달라고 했겠지."

"물론이지."

이 주일은 이 일을 준비하는 데 필요한 시간이었다.

우리는 주류 가게에서 캔 맥주 한 상자를 샀다. 돌아오는 길에는 한마디씩밖에 하지 않았다.

"삼촌, 워드프로세서 칠 줄 아는구나."

"요즘은 누구든 칠 줄 알아."

5

우리는 이천만 엔을 획득했다.

원래는 그래야 했다. 하지만 현실은 전혀 달랐다.

그날 밤, 적당히 구실을 대고 삼촌과 나와 도모코 세 사람은 내 방에 틀어박혔다. 이번에야말로 소포 상자의 내용물을 꺼낸다.

"좋은 아이디어였지? 완전히 똑같은 상자를 준비하는 방법은 이 것 말고는 좀처럼 생각나지 않았거든."

삼촌은 이제 너무 웃어서 손이 조금 떨리고 있었다. 나도 비슷했다. 도모코가 가장 침착해서, 병아리가 알에서 나오는 순간을 지켜보려는 듯이 기대에 가득 찬 눈을 하고 있다.

만 엔짜리 지폐가 다섯 줄 늘어 놓여 있다—하지만 그것은 '늘어 놓여 있는 듯 보인다'를 잘못 본 것이었다. 맨 위의 다섯 장을 빼고는, 나머지는 전부 지폐 크기로 자른 신문지다.

그만큼이나 소동을 벌여 놓고 오만 엔.

우리는 저마다 바닥이며 침대 위로 뻗어 버렸고, 잠시 후에는 깔깔거리며 웃기 시작했다.

"아―아. 결국 돈을 쌓아 놓고 사는 녀석은 당해 낼 수 없다는 얘기로군."

삼촌이 너무 웃어 눈물을 흘리며 말했다.

결국 오만 엔은 삼촌이 맡아서, 그다음 주 일요일에 '매형과 누님의 격무激務를 위로하고 독립을 축하하는 자리'라고 하며 우리 가족에게 호화로운 중화요리를 대접해 주었다. 요리는 무척 맛있었다. 삼촌은 아마 적자가 났을 거다. 다음 날에는 적당한 구실을 대며 자비를 털어 그 간호사에게도 점심을 대접했다고 하니.

밀리는 사라졌다. 내가 아는 것은, 어딘가에서 제대로 된 주인이 기르고 있는 교육이 잘된 새하얀 스피츠뿐이다. 우리 가족은 소음에서 해방되었다. 부모님의 콘티키 호는 여전히 난파 직전의 상태지만.

하시모토 미사코 씨는 '펄'에서 형사에게 팔을 붙들렸을 때, 어째서 그곳에 있는지 제대로 설명하지 못했다. 간호사의 협박 사건과 관계없음은 밝혀졌지만, 가지고 있던 소포 상자에서 나온 신문지와 인감과 통장에 대해 제대로 설명하지 못했다. 이 사건은 신문에서도 살짝 다뤘기 때문에, 우리는 공식적으로 후일담을 들을 수 있었다. 미사코 씨도 그녀의 애인도 "우리 집 애견이 유괴당해 몸값을 요구해 이곳에 왔다. 범인이 지정했다. 통장과 인감에 대해서는 전혀 모른다"라고 주장한 모양이지만, 그때 이상하게 당황한데다가 횡설수설하며 응답하다가 마지막에는 허점을 드러내 버려, 결국 남자의 가게(정말이지 어이없을 정도로 잔뜩 경영하고 있었다)에는 하나도 남김없이 세무서의 사찰이 들어가 억 단위의 탈세가

발각되었다.

억 단위라니. 우리가 손에 넣은 돈은 단 오만 엔이다.

얼마 후 미사코 씨는 어딘가로 이사했다.

한 가지, 이번 소동을 통해 얻은 것이 있다. 도모코의 건강이다. 삼촌의 진단은 완전히 틀린 것도 아니었다. 몸이 병약했던 것은 정말로 마음속 고민이 밖으로 드러났기 때문인가 보다. 그러니까 내 여동생은 너무 성실했던 거다. 뭐든 열심히 하려 하고, 적당히 그럭저럭 할 수는 있지만 완벽할 수는 없는 일을 맞닥뜨리면 굉장히 무거운 마음의 짐이 되는 모양이다. 그렇게 뭐든 성실하게 해내려다 보면 늦든 빠르든 벽에 부딪히게 되고, 무거운 짐으로부터 도망치기 위해 학교에 가지 않는 수밖에 없다.

그랬던 상황이 이번 사건으로 개운하게 터졌다. 어쨌든 범죄에 손을 빌려 줬으니까. (다만, 도모코도 나도 그것이 과연 범죄였는지 아닌지는 여전히 잘 모르겠지만.)

이제 우등생도 아니고 그렇게 되려고 무리할 필요도 없다. 도모코는 훨씬 밝아졌다. 가장 확실한 증거는, 소포 상자의 내용물이 고작 오만 엔이라는 걸 알고 뻗어 버린 우리 세 명 중에서 도모코가 가장 먼저 부활했다는 점이다. 그러고는 쿡쿡 웃으며 이렇게 말했다.

"하지만 재밌었지?"

우리의 대소동으로부터 이 개월 후.

다시 세무서 사람이 라 코포로 찾아왔다. 이곳에는 부자가 꽤 많은 모양이라니까.

그렇게 생각하며 창문으로 바라보고 있으려니 일행이 척척 3호동으로 다가온다.

아연해하는 내 눈앞에서 우리 옆집으로 들어갔다.

오른쪽 옆이 아니다. 애초에 미사코 씨는 예전에 떠나고 없다.

일행이 쳐들어간 곳은 왼쪽 옆집이었다.

경찰과 세무서가 그 인감과 통장의 진짜 소유주를 밝혀낸 것이다.

그 사실을 알자 나는 또 눈앞이 핑핑 돌았다. 장난감 가게에서 파는 '웃음 보따리'가 된 기분이었다. 누군가가 툭 하고 등을 두드리며 스위치를 누르면 건전지가 다될 때까지 끝없이 웃어 버릴 것 같았다.

천판에 숨겨진 통장과 인감.

그것은 왼쪽 옆집에 사는 다도코로 씨의 물건이었다.

다음 날, 삼촌은 일이고 데이트고 다 내던지고 우리 집으로 날아왔다. 내 방에서 둘이 이야기를 나눴다. 도모코는 친구와 한창 전화로 수다를 떠는 중이다. 위층에 있어도 때때로 동생의 밝은 웃음소리를 들을 수가 있다.

"어디서부터 잘못됐다고 생각해?"

나는 물었다.

"방향이야."

삼촌은 바닥에 길쭉하게 누워 있었다. 오른손을 머리 위에 얹고, 눈을 가리고 있다.

"네가 처음에 사전 조사했을 때의 방향이 반대 방향이었던 거야. 혼자서 했던 일이고, 저 다락으로 올라가서 방향을 착각한 것도 무리는 아니지."

"막상 실행할 때는 삼촌이 갔잖아."

"그거야."

삼촌은 일어났다.

"그때 왜, 신문인가 뭐가 수금이 와서 너는 밑으로 내려갔잖아. 그래서 나는 손전등으로 네가 붙인 고리를 찾았거든. 방향 따위 생각도 하지 않았어. 그저 고리를 발견하고, 그곳이 하시모토 미사코의 옷장 위라고 생각했거든. 그런데 사실은 반대쪽 집이었지. 공교롭게도 다락에 올라가면 꼭 파이프 속에 들어간 기분이라서 말이야, 밀리가 짖는 소리도 확실히 들리니까 나도 밀리가 있는 방에서 멀어지고 있다는 사실을 깨닫지 못했고. 그 개도 일 초도 쉬지 않고 계속 짖고 있지는 않았고 말이야. 밑에 네가 있었다면 반대 방향으로 가고 있다고 바로 깨달았을 테지만."

"나의 착각."

정말이지 웃음만 나온다니까.

"결국 두 개의 탈세를 적발한 셈이네."

"원래대로라면 표창감이지."

우리는 웃었다. 지나치게 웃어 위가 아파 왔다.

"야, 잠깐 기다려."

갑자기 삼촌이 진지한 얼굴로 돌아왔다. 그것도 보통 진지한 얼굴이 아니라, 그날 천판에서 "대단한 걸 발견했다"라며 주저앉았을 때와 똑같을 정도로 진지했다.

"있잖아, 그렇다면 어째서 하시모토 미사코와 그 애인은 그렇게 순순히 이쪽이 하라는 대로 했을까? 이쪽이 쥐고 있던 물건은 그 사람들과는 전혀 관계없었잖아. 우리가 그 사람들한테서 훔친 건 밀리뿐이었단 말이야."

"그냥 밀리를 도둑맞았다고 생각한 거 아니야?"

"말도 안 되는 소리 하지 마. 나는 '탈세 증거를 잡았다'라고 확실히 말했어. 상대편도 '뭐가 없어졌는지 잘 알고 있다'고 대답했잖아……."

우리는 열심히 그때 나눈 말을 떠올렸다.

"그러고 보니 삼촌은 한 번도 '통장과 인감'이라는 말은 하지 않았지……."

"안 했어, 안 했어."

삼촌은 격렬하게 고개를 흔들었다.

"탈세의 증거를 잡았다, 개도 데려왔다, 라고 했었어."

머리가 이상해질 것 같았다.

"실제로는 밀리밖에 훔치지 않았다니까!"

우리는 각자 다른 방향을 바라보며 생각했다. 침묵. 다음에 눈을 마주했을 때는 똑같은 말을 입에 담고 있었다.

"목걸이야……!"

나는 기어가듯 몸을 숙여 책상 가장 밑의 서랍으로 달려들었다. 밀리의 목걸이는 아직 그곳에 들어 있다. 관심이 잦아들 때까지, 아마 몇 년간은 그곳에 숨겨 두지 않으면 위험하리라 생각하고 있었다.

 나는 목걸이를 꺼냈다. 떨리는 손으로 삼촌에게 건네자, 삼촌은 목걸이를 손 안에서 뒤집으며 이곳저곳 만지작거려 보다가, 안쪽의 작은 이음새에 주목했다.

 내 커터칼(사전 조사할 때 천판 틈으로 끼워 넣었던 칼이다)로 이음매를 끊었다. 목걸이가 열렸다.

 안에서, 도모코의 새끼손가락 손톱만 한 크기의 투명한 돌 여섯 개가 바닥으로 떨어져 내렸다.

 반짝반짝 빛난다.

 삼촌은 그중 하나를 손가락으로 집어 내 책장의 유리창에 가까이 댔다.

 돌을 스윽 하고 비벼 보니 유리에 상처가 났다.

 "다이아몬드다⋯⋯."

 잠시 동안 유리에 생긴 여섯 개의 선과 빛나는 돌을 번갈아 보며 둘은 바보처럼 바닥에 정좌했다.

 "그렇구나."

 삼촌은 천천히 말했다.

 "그 여자가 그랬거든. 왜 그걸 돈으로 바꾸지 않느냐고. 이쪽은 틀림없이 통장 얘기라고만 생각했어. 그래서 이런 거 위험하기 짝이 없다고 대답했는데. 물론 미사코는 통장이라는 의미로 말하진 않았어. 이 다이아를 말했던 거야."

 나는 멍해져 버렸다.

 "이런 다이아를 돈으로 바꾸는 일도 위험하려나. 그때 미사코 씨, 삼촌이 위험하다고 했더니 납득했지."

"뭐, 어느 정도는 말이지."

삼촌은 대답했다.

"정식 루트로는 좀처럼 팔 수 없을 테니까. 하지만 신중히 하면 어떻게든 될 거라 생각해."

나는 넋을 잃고 여섯 개의 다이아를 바라보았다. 불공평한 일은 산더미처럼 많지만, 가끔은 이런 일도 있잖아? 누가 그렇게 말하고 있는 듯했다.

유쾌한 기분이었다.

1

그날 밤, 두 손님이 우리 집을 방문했다. 첫 손님은 뇌우였다.

우선 바람이 불어왔다. 커튼을 열고 창문으로 하늘을 올려다보니, 회색 구름 너머로 누군가가 플래시를 터뜨리기라도 한 것처럼 희미하게 번개가 번쩍인다. 담장을 사이에 둔 옆집 정원에서 정원수들이 겁먹은 동물처럼 수런거리고 있다.

이윽고 모조리 쏟아 버릴 듯한 기세로 비가 내리기 시작했고, 나 혼자 있는 텅 빈 집 안에 지붕이며 창유리를 두드리는 빗소리가 가득 차기 시작했다.

이러고 있으니 평소보다 집 안이 훨씬 널찍해 보인다. 방의 천장이 점점 높아지고, 바닥이 넓어지고, 벽이 차츰 솟아오르고, 나는 작아진다.

그러면서도 묘하게 기분이 들떠 활이든 총이든 다 들고 와! 라는 느낌도 들기 시작하니 신기하다. 수술로 오래 입원해 있으면서 주위 사람들에게 보살핌을 받기만 하다가 오랜만에 혼자 있게 되어 해방감에 취했는지도 모른다.

자, 뭘 할까.

팔을 걷어붙이는 기분으로 이유도 없이 "좋—았어" 하는 구령을 붙였을 때, 현관 벨이 울렸다.

두 번째 손님의 도착을 알리는 소리였다. 반사적으로 나는 주방에 있는 시계를 올려다보았다. 오후 아홉시 삼십오분.

이런 시간에 누구지?

슬리퍼를 아무렇게나 신고 복도를 걸어가 현관문 쪽을 살짝 내다보았다. 바둑판 무늬처럼 올록볼록한 유리를 끼운 문 너머로 희뿌연 사람 그림자가 서 있다. 꺼져 있던 현관 등을 서둘러 켜고 체인을 건 채 문을 살짝 열었다.

순간 강한 비바람이 얼굴에 쏟아져 내렸다. 나도 모르게 문을 닫을 뻔했다.

그 문을 방문자의 손이 단단히 붙들었다.

"꺄, 잠깐, 닫지 마. 안으로 들여보내 줘."

여자다. 헐렁한 레인코트를 푹 뒤집어쓰듯 껴입고 후드를 쓰고 있다. 보기 민망할 정도로 체격이 좋다. 순간 비에 젖어 부풀어 버린 처마 끝에 매단 데루테루보즈_{처마에 걸어 놓으면 다음 날 날씨가 맑아진다는 일본의 인형} 인형이 떠올랐다.

누구세요, 무슨 일이십니까, 하고 물으려는 순간 번개가 번쩍였다. 그녀는 얼굴을 덮으며 비명을 질렀다.

"정말 싫다! 부탁이니까 안으로 들여보내 달라니까!"

거대한 포장지를 찢는 듯한 천둥소리가 요란하게 울려 나도 모르게 어깨를 움츠렸다. 이것저것 생각할 새도 없이 체인을 풀고 문을 열자 하얀 코트의 여성이 현관으로 뛰어들었다.

어깨며 옷자락이며 소매에서 빗방울을 뚝뚝 떨어뜨리고 있다. 그녀가 후드를 벗으려 손을 뻗자 물방울이 내 얼굴에 튀었다.

"너무한다. 우산 따위는 도움이 안 돼."

후드 밑에서 젊디젊은 얼굴이 나타났다. 이십 대 후반, 고작해야 서른두세 살 정도일까. 윤기 있는 머리카락을 가운데 가르마를 타서 좌우로 늘어뜨렸다. 넓은 이마는 하얗고 짙은 눈썹과 그 아래 커다란 눈이 뚜렷하다.

"저기…… 누구신지—."

다시 질문을 하려 하자 상대는 말을 가로막으며 빠른 말투로 명령했다.

"자, 우두커니 서 있지 말고 코트를 벗게 도와줘. 흠뻑 젖었단 말이야. 이 아이가 젖으면 곤란해."

"이 아이?"

그녀는 냉큼 코트 단추를 풀기 시작했다. 그제야 겨우 알 수 있었다. 여자의 체격이 좋아 보인 이유는, 아기띠를 하고 아기를 안은 채 그 위로 코트를 입었기 때문이다.

"까꿍!"

코트를 벗고 아기에게 얼굴을 들이밀며 그녀는 명랑하게 말했다.

아기—라 해도 한 살 정도일까. 뺨은 동그랗고, 부드러워 보이는 머리카락이 이마에 찰싹 달라붙었다. 여자의 어깨에 머리를 기대고 쿨쿨 잠들어 있다.

"어머, 잠들었구나."

여자는 나를 올려다보았다.

"귀엽지."

대답할 말이 없다.

"저기, 죄송한데요. 누구십니까."

겨우 질문했지만, 여자는 대답하지 않고 내 뒤쪽을 들여다보려 기웃거리거나 목을 빼거나 하면서 오히려 나에게 물었다.

"아버지하고 어머니는?"

불안해지기 시작해 나는 아무도 없는 주방 쪽을 돌아보았다.

"안 계신데요……."

몸을 기웃대던 여자는 홱 원래 자세로 돌아왔다.

"어머, 말도 안 돼. 정말?"

"정말입니다."

여자는 잠시 생각했다. 나를 보고, 복도를 보고, 다시 내게로 시선을 옮긴다.

"급히 외출이라도?"

"친척 결혼식이라. 일박 예정으로 가셨어요."

"먼 데야?"

"예, 삿포로니까요."

대답하고 나서, 이 사람 대체 뭐지, 나도 왜 이런 설명을 하고 있는 거지, 하고 뒤늦게나마 생각했다.

여자는 고개를 갸웃거리며 혼잣말처럼 중얼거리고 있다.

"갑자기 왔으니까……. 도망쳤을 리는 없겠지."

"실례지만 무슨 일이십니까."

나는 가능한 위엄 있게 질문했다. 하지만 상대는 싱긋 웃었다.

"저기, 사토시 군이지? 나이는 음, 그러니까, 열네 살."

"네?"

"미치오 씨의 아들이지? 잘 부탁해."

그녀는 살짝 입술을 삐죽이며 새침한 얼굴을 했다. 눈이 놀리듯이 웃고 있다.

아버지를 '미치오 씨'라니.

"아버지와 아는 사이신가요?"

"그래, 아주 잘 아는 사이야."

한 손을 벽에 대고 포즈를 취하며 웃음을 짓는다. 잠든 아기를 가슴에 동여맨 채라서 정말로 웃긴다.

한편으로 내 심장은 두근거리기 시작했다.

미치오 씨, 라니.

"아버지와 어떻게 아시는 사이신데요. 무슨 일인가요?"

여자는 다시 웃었다.

"아무튼 안에 들어가게 해 줘. 이 아이를 내려놔야지. 기저귀도 갈아 주고 싶거든."

"왜 우리 집에서 그런 걸 하는데요?"

머리가 이상한 거 아닐까. 신종 방문 판매일까. 머리 한구석에서 나는 눈앞이 어지러울 정도로 대책을 생각했다.

그러자 그녀는 이렇게 대답했다.

"있잖아, 나는 사토시 군 아버지의 애인이야. 이 아이는 나와 그이의 아이."

싱긋 웃고는 톡 하고 내 가슴을 찌른다.

"그러니까, 너는 오빠."

2

그녀의 이름은 미사토 에미. 아이의 이름은(아직 아버지의 호적에 들지 못했으니까) 미사토 하즈키라고 한다.

"생일은 오월 오일. 이래 봬도 여자아이야. 피부가 하얘서 귀엽지."

에미 씨는 말릴 새도 없이 들어오더니, 거실 소파에 하즈키를 눕히고 자기는 옆에 걸터앉았다.

"아아, 무거웠어. 십 킬로그램이나 된다니까, 이 아이. 평소엔 그다지 안아 주지 않지만, 오늘은 날씨가 이래서 유모차를 쓸 수 없었거든."

그저 어안이 벙벙하다.

"담배 없니? 미치오 씨, 캐스터 마일드를 피우지?"

확실히 아버지는 캐스터 마일드를 피운다.

"하나 줘 봐. 그리고 목욕 타월 좀 빌려 줄래? 머리가 젖어 버렸거든. 아, 그것보다 욕실을 빌릴까."

나는 간신히 목소리를 냈다.

"당신, 어떻게 된 거 아닙니까."

에미 씨는 눈을 깜빡거렸다.

"어떻게도 안 됐는데."

"남의 집에 쳐들어와서—."

"쳐들어온 건 아니지. 사토시 군이 들여보내 줬잖아. 게다가 나는—."

가슴에 손을 댄다.

"남이 아니라고. 하즈키의 엄마고, 하즈키는 네 배다른 여동생이니까 나도 네 어머니나 다름없잖아?"

멋대로 옆에 있는 캐비닛에서 찾아낸 담배에 불을 붙이고는, 한 모금 빨더니 연기를 토해내면서 동시에 덧붙였다.

"미치오 씨와 결혼하면 나는 어엿하게 네 어머니야. 부모님을 공경하라고. 자, 목욕물 준비해 줘. 오늘 밤은 여기서 묵겠어. 어쨌든 미치오 씨와 부인이 돌아올 때까지 기다리지 않으면 얘기가 안 되니까."

나는 억지로 마음을 진정시키고 주방의 의자를 끌어와 걸터앉았다. 아까부터 마치 이쪽이 외부인인 것처럼 계속 서 있었다.

"당신은 그러니까, 이—하즈키의 일로 우리 부모님을 만나러 온 겁니까?"

"몸이 완전 차가워져 버렸네."

에미 씨는 시치미 뗀 얼굴로 두 손을 비볐다.

"커피가 마시고 싶은걸. 끓여 주지 않을래?"

한숨을 한번 쉬고 나는 일어섰다.

"착한 아이구나."

커피 메이커에 원두를 넣고 물을 붓고 스위치를 누르고 컵을 데우고—단조로운 작업을 하며 나는 생각을 정리했다.

이 여자는 완전히 거짓말을 하고 있다. 그건 틀림없다. 아버지에게 숨겨 둔 아이가 있을 리가 없음을, 나는 잘 알고 있다.

다만 그 사실을 그녀에게 말해 줄 수 없는 점이 곤란하다. 아버지에게 아이가 있을 리가 없는 이유를 나는 모르는 걸로 되어 있으니까.

게다가 어쩌면 이 사람은 노이로제 환자 같은 거라서, 섣불리 자극하면 안 되는지도 모른다. 망상. 잘 달래 가면서 이 거짓부렁이에 어울리는 척하지 않으면 위험할지도 모른다.

있을 수 없는 일은 아니다. 믿는 척하며 진정시켜 놓고 110번에 신고할까.

커피가 끓었다. 컵에 따르고 에미 씨에게 말을 걸었다.

"설탕하고 우유는?"

"잔뜩 넣어 줘!"

다시 담배를 빨며 큰 소리로 대답한다.

"블랙으로 마시다니 어떻게 된 거 아냐? 그냥 쓰기만 할 뿐이잖아. 나, 커피는 블랙 같은 소리를 하는 남자하고는 절대로 자지 않기로 했거든."

나는 당황했지만, 에미 씨는 '어때? 좋은 취향이지?'라고 말하고 싶기라도 한 얼굴로 이쪽을 보고 있다.

"하하, 재미있는 남성 판별법이로군요."

나는 간신히 말했다.

"하지만 우리 아버지는 커피를 블랙으로 마시거든요."

에미 씨는 히죽거렸다. 나는 단념했다.

"……라는 거짓말은 안 통하려나."

"미치오 씨, 설탕은 한 스푼. 우유는 있는 대로 다, 라고 할 정도로 잔뜩 넣지?"

그렇다.

"그런데 절대로 카페오레는 마시지 않아. 맞지?"

나는 긍정하는 의미로 그저 잠자코 있었다.

터무니없는 소리를 하는 것치고는 이 여자는 아버지의 취향을 잘 알고 있다. 담배도, 커피도.

문득 으스스해져 에미 씨를 곁눈질로 바라보았다. 아무튼 지금은 박자를 맞춰 주며 부모님이 돌아오시길 기다리는 수밖에 없을까……

에미 씨가 마침 커피를 다 마셨을 즈음 하즈키가 눈을 뜨더니 코를 울리기 시작했다. 에미 씨가 어머어머 하고 웃으며 안아 든다. 그 움직임은 부드럽고 자연스러웠다.

"저기……"

"왜애, 오빠."

에미 씨는 하즈키의 얼굴을 내 쪽으로 돌리고 아이 목소리를 흉내 내며 말했다.

"오빠라는 소리는 그만하세요."

에미 씨는 웃고 있다.

"하즈키한테 과자를 주세요, 라는데. 응?"

하는 수 없이 나는 주방을 부스럭부스럭 뒤져, 간신히 과자 봉지를 발견해 하즈키의 자그마한 손에 쥐여 주었다. 하즈키는 기쁜 듯이 생긋 웃었다. 그때는 그런 말을 들을 때까지 과자에 대해서 생각 못한 자신이 굉장히 눈치 없는 사람처럼 여겨졌다.

내가 생각해도 사람이 좋단 말이지.

나는 에미 씨에게 질문했다. 아버지와 어떤 식으로 알게 됐습니까, 몇 년이나 된 사이인가요.

그녀는 막힘없이 대답했다. 니시신주쿠에 있는 바 '라 세종'에서 일하다가 단골인 아버지와 알게 되었다고 한다.

아버지는 술도 마시고 사교상 술집에도 간다. 하지만 나는 단골 가게 이름까지는 모르니까, '라 세종'이라고 들어도 "아, 그렇습니까"라는 얼굴을 하고 있을 수밖에 없다.

게다가 아버지는 때때로 앞뒤 분간을 못할 정도로 술에 취하곤 한다. 회사 동료가 집까지 업고 온 적도 있고, 화려한 미녀가 택시로 바래다줘서 택시 요금과 미녀의 가게에서 쓴 금액을 제대로 털린 적도 있다.

결국, 취하면 어떤 일을 할지 모르는 남자이긴 하다는 얘기다.

"미치오 씨가 처음 내 맨션에 묵고 간 날은 이 년 전 오늘이었지. 그러니까 오늘은 기념일이야."

"기념일?"

"그래. 그때 하즈키를 내려 받았는걸."

아이를 내려 받았는지 어땠는지는 아무튼—아무튼!—그때의 아버지의 복장이라든가 가지고 있던 물건 등에 대해 질문하자, 그녀는 기억을 더듬듯이 띄엄띄엄 대답했다. 부자연스러울 정도로 뭐든 기억하고 있는 건 아니다.

"사토시 군, 나를 테스트하고 있지?"

새끼손가락을 치켜들고 컵을 들며 에미 씨는 웃었다. 깔끔하게 깎아 다듬기는 했지만 아이가 있는 어머니에게는 그다지 어울리지 않는 새빨간 손톱이 보인다. 하지만 매니큐어를 칠하는 데는 서투른지, 여기저기 비어져 나와 있다.

잠투정이 없는 아이인지 하즈키는 기분이 좋아 보였다. "다아!" 같은 소리를 내며 작은 손을 휘두른다.

내 시선을 깨달았는지 에미 씨는 만족스러운 듯 미소 지으며 하즈키를 안아 들었다.

"하즈키, 오빠가 안아 줄까."

"잠깐 기다리세요! 정말 이상한 사람이네."

"어째서? 뭐가 이상한데? 너도 황새가 물고 와 주진 않았다니까. 네 아버지와 어머니가—."

"잠깐, 잠깐 기다려요."

나는 두 손을 벌렸다. 뭐가 뭔지 모르는 사이에 공이 울리고, 정신을 차리고 보니 거실 한 가운데에서 펀치를 흠씬 두들겨 맞고 있는 기분이다.

"그런 얘기가 아니라고요. 하즈키가 아버지의 아이라는 증거는 있어요?"

"있어."

에미 씨는 하즈키를 내려놓고 핸드백을 끌어당겨 안을 뒤졌다.

"자, 모자 수첩."

툭 던진다. 붉은 표지에 아이와 어머니 일러스트가 그려져 있다.

"하즈키가 태어난 날은 작년 오월 오일. 네 아버지가 내 맨션에 묵고 간 날은 재작년 칠월 십이일. 혈액형도 나는 B형, 미치오 씨는 A형. 하즈키도 A형."

"그것만으론 증거라고 할 수 없어요."

그러자 에미 씨가 턱을 당기며 나를 노려보았다. 목소리가 날카로워졌다.

"건방지네! 뭐야, 그 말투는. 내가 다른 남자하고 만든 아이를 네 아버지에게 떠넘기려 한다는 말이야?"

그다지 겁이 많은 편은 아니라고 생각하지만 나는 무서워졌다.

"샤워라도 할까……."

에미 씨는 천연덕스럽게 표정을 바꾸더니 나른한 듯 손발을 뻗으며 중얼거렸다.

"그동안 하즈키를 봐 줄 거지? 오빠잖아."

정말이지 멋진 타이밍으로, 하즈키가 내게 동그란 손을 뻗으며 잘 움직이지 않는 혀로 말했다.

"바―양."

"봐, 오빠―라고 하잖아. 아는구나, 하즈키? 역시 피가 이어진 남매라니까."

현기증이 나기 시작했다.

3

에미 씨가 욕실을 쓰는 동안 어쩔 수 없이 나는 하즈키를 상대해 주었다.

상대해 줬다곤 해도 처음에는 아기가 놀고 있는 모습을 보고 있었을 뿐이다. 우리 집에는 아기가 좋아할 만한 장난감은 없지만, 하즈키는 뭐든지 장난감으로 삼아 잘 놀았다. 신문을 뒤적거리거나 쿠션을 두드리거나, 테이블 밑으로 기어 들어가 카펫의 보풀을 쥐어뜯거나.

그러더니 테이블에서 불쑥 얼굴을 내밀고 내게 "이따아" 하고 웃어 보였다.

나는 달리 어떻게 할 도리도 없어 마주 웃어 주었다. 그러자 하즈키가 소리를 내며 웃고는 다시 똑같은 행동을 되풀이한다. 그렇게 '어디어디 숨었나' 놀이를 하고 있는 사이 나는 장난감이 될 만한 물건을 찾기 시작했고, 정신을 차리고 보니 하즈키 옆에 주저앉아 있었다.

귀여운 아이다. 아직 말을 거의 못해서 손가락질을 하거나 간단한 단어를 괴상하게 발음하거나 할 뿐이지만, 뜻은 통하니 아이란 신기하다.

"바—양"이라는 말은 아무래도 정말로 '오빠'라는 의미인 모양이다. 자꾸 그렇게 불리자 나는 기분이 복잡해졌다.

만약 이 아이가 에미 씨의 말대로 아버지의 아이라면 어떻게 될까. 만약 그런 일이 생긴다면, 내 입장은 어떻게 될지…….

아니, 그 이전에 내게 형제가 있을 가능성은 있을까. 있다고 한다면 어디에—.

"남매가 사이좋네."

목욕 타월로 머리를 푹 감싼 에미 씨가 주방 입구에 서 있다. 화장은 완전히 지웠지만, 뺨이 핑크빛으로 상기되어 예뻐 보인다. 왔을 때와 똑같은 옷을 입고 있지만 스타킹을 벗고 맨다리인 모습이 묘하게 요염한 느낌이다.

"차가운 주스라도 마실 수 있을까. 냉장고 좀 연다."

그 말을 알아듣고 하즈키는 자기도 달라고 칭얼대기 시작했다.

"알았어, 지금 줄게" 하고 에미 씨가 달랜다.

백에서 우유병을 꺼내 주스를 채운다. 하즈키를 안아 들어 소파에 눕히고는 우유병을 양손으로 들게 했다. 하즈키는 바로 마시기 시작했다.

"목이 말랐구나."

나는 흘깃 에미 씨의 옆얼굴을 훔쳐보았다.

침착하다. 하즈키를 향하는 시선은 어머니답게 따뜻하다. 어디가 이상한 사람이 아닐까 하는 의심이 흔들리기 시작한다.

그렇게 되면 생각할 수 있는 건 '사기'다. 과감히 그렇게 물어볼까.

하지만 역시 못하겠다. 이 여자와 아버지의 정확한 관계도 모르는 상황이고, 나는 아무것도 모르는 걸로 되어 있으니까—.

"하즈키는 늘 이렇게 늦게까지 안 자나요?"

시곗바늘은 이제 곧 열한시를 가리키려는 참이다.

"내 일이 밤 장사잖아. 한밤중에 옷을 갈아입히거나 목욕을 시키거나 할 때도 있으니까 이 아이도 익숙해져 있지."

"당신 말대로 하즈키가 정말로 우리 아버지의 아이라면, 어째서 좀 더 빨리 말하지 않았죠?"

에미 씨는 잠시 대답을 하지 않았다. 하즈키의 우유병이 비워졌을 즈음 겨우 대답했다.

"처음에는 혼자서 키우려고 생각했거든. 하지만 나도 지쳐 버렸어. 역시 여자 혼자 힘으로 일하면서 아기를 키우는 일은 무리야."

머리카락을 감싸고 있던 목욕 타월을 벗겨 내고는 휙 하고 하즈키에게 던졌다. 하즈키는 까르르 하고 웃으며 타월로 어디어디 숨었나를 한다.

"이제 어떻게 할 거예요? 우리 부모님이 돌아올 때까지 기다릴 생각인가요?"

"그렇게 하게 해 줄래?"

"저기…… 당신이 하는 말을 전부 인정하는 건 아니지만, 그러니까 무슨 얘기냐 하면 난 아버지가 아니니까 부정도 긍정도 할 수 없다는—."

"알고 있어."

"이 날씨에 당신과 하즈키를 밖에 내쫓을 수는 없겠다 싶기는 해요."

빗소리는 여전히 격렬하고 바람도 세다.

"착하구나."

"잘 만한 곳을 마련해 볼게요."

"그보다 먼저 머리를 말리고 싶은데. 그동안 하즈키를 봐 줘. 소파에서 내려놓으면 엉금엉금 기면서 알아서 놀 거야."

에미 씨가 훌쩍 일어서 버렸기 때문에 나는 흠칫흠칫 하즈키를 안고 바닥에 내려놓았다. 아기의 관절은 미덥지가 않아 금방이라도 빠질 것 같은 기분이 들었다.
　하즈키는 왕성하게 이리저리 움직이며 뭐든지 만졌다 잡아당겼다 한다. 소파 위에 아무렇게나 놓아둔 에미 씨의 백을 쥐고 기세 좋게 끌어당겨 떨어뜨려 버리는 모습에는 놀랐다. 아이의 손 힘은 굉장하구나.
　에미 씨는 드라이어를 쓰고 있다. 나는 당황해서 내용물이 쏟아져 나오려는 백을 원래대로 놓으려 했다.
　그때 백 안에서 붉은 카드 지갑이 툭 하고 떨어지더니 펼쳐졌다.
　카드 지갑 자체는 지극히 평범했다. 에미 씨의 운전 면허증이 들어 있고 사진 세 장이 끼워져 있다.
　한 장은 부모님 사진이다. 최근 모습이다. 아무래도—둘이서 장이라도 보러 갔을 때 몰래 찍은 모양이다.
　그다음은 내 사진이었다. 교복 차림으로, 옆에 친한 반 친구가 얼핏 보인다. 사진 속의 나는 목발을 짚고 있으니 한 달 정도 전에 찍은 것이리라.
　세 번째 사진이 조금 묘했다.
　찍혀 있는 건 역시 나다. 나 같다.
　아니, 내가 아니다. 굉장히 닮았지만 다른 사람이다.
　이 사진은 다른 두 장과 비교하면 오래된 느낌이 난다. 나와 무척 닮은 인물은 내가 가지고 있지 않은(게다가 촌스러운) 스웨터를 입고, 내가 모르는 세일러복 차림의 여자아이와 나란히 카메라를 바라보고 웃는 얼굴로 찍혀 있다. 기분 탓인지 여자아이도 나와 닮은 것 같다.

잠시 머릿속이 새하얘졌다. 의미를 이해할 수 없었다.

이런 사진을 찍은 기억은 없고, 옆에 있는 여자아이도 모르는 사람이다. 이 사진으로 알 수 있는 사실은, 찍은 시각이 밤이고 이 두 사람이 서 있는 장소가 번화가라는 것뿐이다. 배경으로 빌딩 측면을 따라 가늘고 길게 뻗은 뉴스 전광판이 언뜻 보인다. 얼굴을 바짝 붙이듯 가까이 대고 보아 거기에서 '요도'라는 두 글자를 읽을 수 있었다.

힐끗 하즈키를 보니 쿠션을 두드리며 놀고 있다. 나는 사진을 바닥에 내려놓고 에미 씨의 면허증을 보았다.

얼굴 사진은 본인이다. 하지만 이름이 달랐다.

'사이토 에미'다. 갱신일은 올해 생일로 되어 있다.

모르겠어. 나는 허공을 노려보며 잠시 생각하다가 서둘러 면허증에 있는 주소를 베껴 적었다.

그녀의 정체가 뭐든, 목적이 무엇이든, 이 사진으로 추측하자면 이전부터 우리 일가에 대해 조사했던 모양이다. 이쪽으로서는 적어도 그녀의 신원 정도는 알 수 있을 만한 단서를 잡아 두어야.

드라이어 소리가 멈췄다. 나는 서둘러 카드 지갑과 사진을 원래대로 돌려놓고 하즈키를 눈으로 좇았다. 아기는 아직 쿠션과 놀고 있다.

에미 씨는 머리를 빗으며 돌아오더니 나와 하즈키를 흘깃 보고 나서 어슬렁어슬렁 방 안을 돌아다니기 시작했다. 그러다가 내가 주방 테이블 위에 내팽개쳐 놓은 참고서와 노트에 눈길을 멈췄다.

"열심히 하는구나. 공부 좋아해?"

"설마요."

에미 씨는 웃음을 터뜨렸다.

"그렇겠지."

"그래도 장래에 되고 싶은 게 있으니까 싫어도 하지 않으면 안 되거든요."

"뭐가 되고 싶은데?"

"의사."

그때 에미 씨는 뭐라 표현할 수 없는 얼굴을 했다. 울 것 같기도 하고 화를 낼 것 같기도 한 모습으로 황급히 내게서 눈을 돌리더니 벽 쪽으로 얼굴을 돌린 채 몇 번이나 눈을 깜빡인다.

하즈키가 칭얼거리기 시작하자 에미 씨는 안아 들고 등을 가볍게 두드리기 시작했다.

"이제 잘 시간이야."

에미 씨가 그러고 있는 동안 나는 생각에 잠겨 있었다. 이윽고 하즈키는 잠들었다. 에미 씨는 소파에서 잔다고 하기에 베개와 모포를 준비해 주고 나는 내 방에 틀어박혔다.

잠은 오지 않았지만.

4

다음 날. 비는 그쳐 있었다.

새벽녘 가까이 되어 꾸벅꾸벅 졸아 버렸기 때문에 평소보다 늦

잠을 자 버렸다. 서둘러 아래층으로 내려가니 의외로 에미 씨가 아침 식사를 준비하고 있었다.

나는 여름방학중이다. 오전 내내 안절부절못하는 기분으로 하즈키를 상대해 주며 보냈다. 에미 씨도 손톱을 깨물거나 이유도 없이 앉았다 일어섰다 하고 있다.

부모님이 돌아오시면 어떻게 될까. 아버지는 뭐라고 하실까.

"아버지하고 어머니, 몇 시쯤 돌아올 예정이야?"

"글쎄요…… 저녁에 오실 거라 생각하지만요. 하네다에 도착하면 전화를 하실 거예요."

정오가 넘어 전화벨이 울렸다. 에미 씨는 목덜미에 손을 댔다. 놀랄 정도로 얼굴이 굳어져 있다.

내 친구가 건 전화였다. 에미 씨는 깊이 한숨을 쉬었다.

한시 반에 다시 전화. 이번에는 잘못 걸린 전화였다. 그렇다는 걸 안 순간, 에미 씨는 허리가 빠지기라도 한 듯 털썩 소파에 주저앉았다.

기다리는 동안 에미 씨는 거의 입을 열지 않았다. 하즈키가 웃자 그것조차 시끄럽다며 화내곤 했다. 시계를 노려보고 있다.

그녀와 비슷할 정도로 나도 긴장하고 있었다. 아버지도 어머니도, 뭐라고 할까…….

시곗바늘이 오후 두시 삼십오분을 가리켰을 때 에미 씨는 소파에서 일어섰다.

떨고 있다.

"왜 그래요. 무서워요?"

대답은 없었다. 나를 가만히 보는 눈이 붉게 충혈되어 있다.

"시끄러워. 이 꼬맹이."

두 손은 주먹을 쥐고 있다.

"너 따위…… 너 따위는 이해 못해."

나는 하즈키와 함께 바닥에 앉아 말없이 그녀를 올려다보았다.

"나, 나하고 하즈키는…… 불공평해. 어째서야, 너처럼 부모가 있어서 편안하게 지내는 아이가 있는데, 어째서 하즈키는―."

"에미 씨."

"거짓말이야." 그녀는 달려들 듯이 말했다.

"전부 거짓말이야, 하즈키 아버지는 네 아버지가 아니야. 그런 거 처음부터 알고 있었어. 하지만 어쩔 수가 없었단 말이야. 진짜 아버지는 도망쳐 버려서 어디에 있는지도 알 수 없고, 나 혼자서 어떻게 하즈키를 키우란 말이야? 네 아버지라면 사람이 좋으니까 걸려들 거라고 생각했어. 적당히 얘기를 꾸며내서 취한 서슬에 생긴 아이라고 하면, 네 아버지라면 믿어 주리라 생각했어, 그뿐이야!"

낚아채듯이 하즈키를 안고는 백을 움켜쥐었다.

"끝까지 속일 수 있을 거라 생각했는데 막판에 와서 겁먹어 버리다니 계산 착오야. 안 돼. 못 견디겠어."

격렬하게 고개를 젓고 반쯤 우는 얼굴로 나를 내려다보았다.

"미안해, 전부 거짓말이야."

달려 나간다. 문이 탕 하고 닫힌다. 나는 혼자 남겨진 기분으로 문을 바라보았다.

도대체 어떻게 된 거야?

잠시 동안은 그저 어이가 없었다. 그러다가 화가 나기 시작했다. 뒤늦게 밖으로 나가 에미 씨를 찾아보았다.

물론 그녀는 이미 사라지고 없었다.

일단 아직 지금은, 이 황당한 일을 하소연할 부모님이 없다. 하는 수 없이 나는 기분을 진정시키며 화를 눌렀다. 혼자서 화내 봤자 소용없다.

하지만 머릿속에서는 깜빡거리며 의문과 울분이 교차하고 있다. 에미 씨의 얼굴, 하즈키의 목소리, 그 말투. 나를 닮은 사람의 이상한 사진.

'오빠야, 하즈키.'

그러고 있는 사이에, 퍼뜩 보였다.

설마.

갑자기 떠올랐을 때, 처음엔 머릿속에서 부정했다. 내 방으로 달려 들어가 『쇼와사 연표』라는 책을 굉장한 기세로 넘기며 찾던 페이지를 발견할 때까지, 숨이 멈출 듯한 기분이 들었다.

부모님은 저녁 여섯시가 넘어서 돌아오셨다. 두 분이 돌아오시기 전에 사정을 추측할 수 있어서 다행이라고, 나는 남몰래, 하지만 진심으로 기뻐했다.

"집 비운 동안에 별일은 없었니?"

아버지가 물었다.

"아무 일도 없었어요."

나는 대답하며, 하즈키가 가지고 노느라 구깃구깃해져 버린 신문을 천천히 바로 접었다.

5

 운전 면허증 주소를 가지고 에미 씨를 찾아내는 데 일주일이 걸렸다.
 낮에는 집에 없다. 그녀는 일을 하고 있다. 하즈키는 어린이집에라도 맡기는 모양이다. 나는 '미사토'라는 작은 문패가 있는 다세대주택 앞에서 에미 씨가 돌아오길 기다렸다.
 한 손에 슈퍼 봉투를 껴안고 다른 한 손으로 하즈키를 안은 에미 씨는 나를 본 순간 경련이라도 일으킬 것 같은 얼굴을 했다. 에미 씨가 하즈키를 떨어뜨릴까 봐 나는 당황해 뛰듯이 다가갔다.
 집 안은 말쑥하게 정리되어 있어 쾌적했다.
 예상했던 대로, 아담한 불단에 아직 새것인 위패가 있었다.
 "남편분이시죠."
 에미 씨는 살짝 끄덕였다. 아직 나에게 얘기해도 좋을지 어떨지 반신반의하는 듯했다.
 "어떻게 여길 알았어? 어째서 혼자서 온 거야?"
 나는 불단에 놓인, 나와 무척 닮은 서른 중반 정도로 보이는 남자의 사진을 가만히 바라보며 향을 올리고 에미 씨에게로 다시 몸을 돌렸다.
 "운전 면허증의 성과 주소는 결혼하시기 전의 것이죠. 갱신일까지 변경하지 않고 내버려둔 겁니까. 덕분에 찾기 힘들었어요."

에미 씨는 작은 목소리로 나는 장롱 면허니까, 하고 중얼거렸다.

"나, 알고 있어요."

나는 천천히 말을 꺼냈다.

"나는 알고 있어요. 하지만 부모님은 내가 알고 있다는 사실을 모르시고, 나도 계속 모른 채로 두고 싶어요."

"알고 있다니, 뭘 알고 있는데?"

에미 씨는 작게 물었다. 인형을 가지고 놀던 하즈키가 뭐가 즐거운지 소리를 내며 웃는다.

"나는 인공 수정으로 태어난 아이예요. 그것도 AID, 비*배우자 간이죠. 아버지는 아이를 만들 수 없거든요. 그래서 어머니와 의논해서 그렇게 하기로 했어요. 그러니 유전적으로 엄밀하게 말하자면 나는 아버지의 아이가 아니에요. 그걸 알게 된 건 다리 수술이 끝나고 마취가 깨기 시작하면서 꾸벅거리고 있을 때였어요. 그럴 땐 주위의 이야기 소리가 제법 들리는 법이거든요."

에미 씨는 눈을 들었다.

"수술 때……."

"반년쯤 전에 교통사고를 당했거든요."

자전거로 달려가다 좌회전하는 대형 트럭 뒷바퀴에 말려 들어갔다. 다행히 목숨은 건졌지만 여기저기 봉합 자국투성이다. 왼쪽 다리의 복합 골절이 특히나 성가셔서, 두 번이나 수술을 했지만 아직 완전하지는 않다.

"다친 건 알고 있었어. 하지만 그때 사토시 군이 자신의 출생에 대해 알게 되었다고는 생각 못했어."

에미 씨는 가만히 손을 바라보고 있다.

"크게 다쳐서 수혈도 꽤나 했으니까요. 혈액형에 대해서라든가 여러 가지가 있어서, 부모님과 주치의 선생님이 얘기를 나눴어요."

그때를 떠올리면, 역시 지금도 조금 괴롭다.

"처음에는 쇼크였다니까요. 그때는 말이죠. 하지만 나를 이렇게까지 키워 주신 건 부모님이고, 특히 사고가 났을 때는 아버지도 어머니도 죽을 만큼 걱정하셨어요. 진짜 우리 부모님이에요, 두 분 모두."

에미 씨와 시선이 마주쳤다. 내가 끄덕이자 에미 씨는 미소 지었다.

"AID는 나중에 여러 가지 문제가 일어나는 경우가 많기 때문에 좀처럼 시행하지 않는다고 해요. 그래도 우리 부모님은 쭉 원만히 지냈고 보시다시피 나는 제대로 자랐고……. 즉 우리 집은 극히 만족스러운 성공 사례구나 하고 생각했죠."

실제로 그때 이야기를 몰래 듣지 않았다면, 누구에게 어떤 설명을 들었어도 내가 아버지와 피가 이어져 있지 않다는 말 따위 절대로 믿지 않았으리라.

"그러니 AID 같은 건 나는 이제 상관없어요. 하지만 알고는 있었어요. 그래서 당신이 하즈키가 아버지의 아이라는 말을 했을 때 바로 거짓말임을 알았어요. 입 밖으로 말하지 않은 건, 몇 번이나 말하지만, 아버지에게 아이가 있을 리 없다는 걸 내가 알고 있다는 사실을 숨기고 싶었기 때문이에요."

하즈키가 나를 보고 어디어디 숨었나를 하기에 상대해 주었다.

"그래서?"

"당신과 하즈키가 돌아가고서 바로는 이해할 수 없었어요. 당신이 말한 것처럼 하즈키를 아버지의 아이라고 속이려 했지만 할 수 없었다—그뿐인 일이라고 생각했어요. 하지만 그렇다면 그 사진 한 장이 이상한 얘기가 되죠."

나는 사과하고서 에미 씨의 백 내용물을 살짝 봤다는 얘기를 했다.

"그 사진들, 처음 두 장은 최근에 찍힌 것이지만 세 번째 사진만은 그렇지 않았죠. 그것이 무슨 뜻인지 좀 더 빨리 깨달았어야 했어요. 배경에 뉴스 전광판이 언뜻 찍혀 있는데 거기에 '요도'라고 적혀 있었어요. 요도 호 하이재킹 사건_{일본에서 일본 공산주의 동맹 적군파 아홉 명이 하네다 공항을 출발한 여객기를 납치해 북한으로 도주한 사건. 일본 최초의 항공기 공중 납치 사건으로, 범인들은 북한에 도착했으며 한국과 북한 정부의 도움을 받아 희생자는 없었다}이 일어난 건 1970년으로, 지금으로부터 딱 십구 년 전이에요."

에미 씨는 천천히 끄덕였다.

"그 사진에 찍힌 나처럼 보이는 사람은 물론 내가 아니죠. 굉장히 많이 닮았지만 나는 아니에요. 십구 년 전에, 지금의 나와 비슷한 정도의 나이였던 사람입니다."

내가 불단으로 몸을 돌리자 에미 씨도 얼굴을 들었다.

"그래. 그건 남편과 남편의 여동생 사진이야. 남편은 당시 열여섯 살이었지. 지금의 너와 비슷하게 보이니, 네 쪽이 빨리 어른스러워진 걸까. 역시 시대가 그런가 봐."

에미 씨는 백을 뒤져 사진을 꺼내더니 테이블에 올려놓았다. 나는 다시 한번 그곳에 찍혀 있는 사람의 얼굴을 자세히 살펴보았다.
닮았다. 하지만 내가 아니다.
이 사람이 생물학적으로는 나의 아버지인 사람이다.
"우리, 재작년 봄에 결혼했거든. 남편은 산부인과 병원의 의사, 나는 간호사. 같은 대학 병원에서 말이지."
"사내 결혼이었군요."
"그래. 곧 하즈키가 생기고……. 나, 그 당시에는 몰랐어. 남편이 AID 제공자였다니. 본인도 잊고 있지 않았을까. 스무 살이었다고 하니까 말이야. 얘기해 준 건 하즈키가 태어났을 때였어. 의대생들은 종종 제공자가 되는 일이 있는 모양이지. 물론 누가 언제 누구에게 제공했는지는 절대 알 수 없도록 비밀이 엄수되고 있지만."
"반감이 생겼나요?"
"전혀. 왜냐면, 그렇잖아? 남편은 그냥 제공자고, 태어난 아기의 부모는 어엿하게 따로 있는걸."
에미 씨는 문득 맥이 빠진 것처럼 웃었다.
"그렇게 생각했어. 남편이 사고로 가 버리고 삼 개월 정도 후였던가……, 사토시 군이 우리 병원으로 실려 들어올 때까지는 말이지. 너, 어째서 그 병원으로 입원했는지 알고 있어? 네가 그 병원에서 태어났기 때문이야."
"쭉 주치의였으니까 말이죠."
"숨이 멎는 줄 알았어. 소년 시절의 남편과 꼭 빼닮았는걸. 그래서 생각난 거야. AID 일이 말이야. 나이를 생각해도 너는 열네 살,

남편은 지금 살아 있다면 서른다섯 살. 딱 맞잖아. 하지만 카르테를 봐도 누구에게 물어봐도, 네가 그 시술로 태어난 아이인지는 알 수 있을 리 없었지. 조사할 수 없도록 되어 있으니까."

여기서 에미 씨는 내게 머리를 숙였다.

"거기서 단념했으면 좋았을 것을. 나는 반쯤 노이로제 상태였어. 결혼해서 이 년이 못 되어 남편이 죽고, 남편과 똑같은 얼굴을 한, 어쩌면 하즈키의 오빠일지도 모르는 사토시 군이 옆에 있다……. 무슨 짓을 해서든 확인하지 않고는 견딜 수 없게 된 거야. 그렇다고 직접 가서 질문해 봤자 네 부모님이 '예, 그렇답니다' 하고 대답해 주실 리 없잖아."

"그래서 하즈키가 아버지의 아이라고 하면서 쳐들어가는 계획을 생각해 냈군요."

"정말로 미안."

에미 씨는 꺼져 들어갈 듯한 목소리로 말했다.

"지금 생각하면 어떻게 그런 짓을 할 수 있었는지 모르겠어. 그때는 그저 정신없이 그 생각에만 빠져서, 그런 식으로 말하며 찾아가면 네 부모님에게서 네가 AID로 태어난 아이인지 아닌지 확증을 잡을 수 있을 거라는 생각밖에 할 수 없었거든. 너희 가족을 관찰하고 있는 사이에 여러 가지 알게 된 것도 있었으니까, 네 아버지가 자주 가는 가게의 여자라고 거짓말을 해도 그렇게 어렵지 않겠다 생각했어."

나의 아버지는 성격이 좋은 사람이지만, 만든 적이 없는—그렇다기보다 만들 수 있을 리가 없는 아이를 데리고 오면 조리 있게 딱 잘라 부정할 터다. 그러기 위해서는 필연적으로 나의 출생에 대한 사정도 이야기해야만 한다. 과연.

"그런데 말이야. 쳐들어갔을 때의, 처음의 열이 식고 냉정해지기 시작하니까 내가 하고 있는 일이 참을 수 없어지더라. 게다가 잠시 너와 함께 있으면서 마음이 후련해진 기분도 들었지. 너는 하즈키에게 상냥하게 대해 줬고. 확증을 잡지 않아도 나한테는 감이 왔어. 너와 하즈키는 남매라고. 그래서 네 부모님을 만나기 전에 그런 식으로 도망친 거야."

에미 씨는 불단에 흘낏 눈길을 주고 나서 더욱 몸을 움츠렸다. 남편에게도 혼날 거야, 라고 말하고 싶은 듯하다.

"뭐라고 사과하면 좋을지……."

나는 밝은 목소리로 말했다.

"아무것도 사과할 일은 없어요. 나는 이전부터 AID에 대해 알고 있었고, 부모님은 이 일에 대해 전혀 모르세요. 아무도 불쾌한 일은 겪지 않았고요. 다만—."

"다만?"

"가끔 동생을 만나러 오고 싶은데 괜찮을까요?"

에미 씨보다 먼저 하즈키가 대답했다.

"바—양" 하고 말한 하즈키가 자라기 시작하는 이를 드러내며 웃어 주었다.

1

"그만두게 해 주십시오."

젊은 교사는 쭈욱 어깨를 펴고 두 다리를 버티고 서서 강요했다. 관자놀이가 꿈틀거리고 있다.

"꼭, 어떻게 해서든, 절대로, 저걸 그만두게 해 주십시오. 그렇지 않으면 제가 그만두게 해 주십시오."

곤도 교감은 책상 위의 서류 가위를 무심코 만지작거리며 생각했다. 못 하도록 해 주십시오, 와 여길 그만두게 해 주십시오, 인가.

"미야자키 선생님, 방금 하신 말씀을 한자로 정확하게 쓰실 수 있습니까?"

끓어오르는 노여움이라는 열탕에 물이 끼얹어져, 미야자키 선생은 눈을 깜빡였다. 찬물 한 컵 붓기다. 곤도 교감은 생각했다. 중화 국수를 삶을 때는 중간에 찬물을 부어 주는 일을 잊어서는 안 된다. 그다음에 다시 한 번 팔팔 끓어오르면 그때 불을 끄는 것이 요령이다.

하지만 미야자키 선생은 중화 국수가 아니다. 노여움이 다시 부글부글 끓어오른다. 멈추기는커녕 오히려 끓어넘치기 시작했다.

"교감 선생님은 저를 바보 취급하시는군요."

주먹을 쥔다. 정말로 얼굴이 붉게 달아오르고 있다.

"그렇지 않아요. 기분이 상하셨다면 미안합니다. 요즘 아이들의 국어 실력이 워낙 형편없어서 신경을 쓰다 보니 나도 모르게 그만 이런 말을 해 버리고 말았군요."

정중한 대답에 미야자키 선생의 격분은 완만하게 경사를 그리며 하강했지만 태도는 여전히 강경하다. '하강^{降下}'과 '강경^{硬化}'. 과연 하강과 강경은 일본어 발음이 같다.

곤도 교감이 방금 한 말은 백 퍼센트 진실은 아니라 해도 완전히 거짓말도 아니었다. 교감은 실제로 미야자키 선생의 반에서 일어난 국어 시험 사건을 떠올리고 있었다.

2학기가 끝나기 한 달 정도 전, 국어 수업 시간에 있던 일이다. 미야자키 선생은 담임을 맡은 6학년 1반 아이들에게 동음이의어 시험을 실시했다. 전부 열두 문제. 히라가나로 발음이 적혀 있는 단어의 한자를 맞히는 시험으로, 발음에 해당하는 동음이의어의 개수는 문제 밑에 숫자로 표시되어 있다. 그러니 아이들은 동음이의어를 바르게 한자로 적을 수 있기 전에, 우선 그 개수만큼의 동음이의어를 알고 있지 않으면 만점을 받을 수 없다.

문제가 된 것은, 그중 하나인 '고가^{こうがい}'였다. 이 문제 밑에는 열 개의 동음이의어가 있다고 숫자로 표시되어 있었고, 그 예로 '강개^{慷慨}'를 들었다. 즉, 아이들은 나머지 아홉 개를 생각해 내야만 한다. 물론 사전을 사용해서는 안 된다.

'공해^{公害}'와 '교외^{郊外}'. 여기까지는 팔십 퍼센트의 아이들이 클리어했다. '구외^{口外}'가 되니 육십 퍼센트로 떨어졌다. 거기에 '교외^{校外}', '광해^{鑛害}', '구외^{構外}'까지 여섯 개를 채울 수 있었던 아이는 스물여섯 명 중 열두 명이었다. 그것만으로도 곤도 교감은 놀랐지만 나머지 두 개, '경개梗槪'와 '구개口蓋'까지 알아맞힌 아이가 한 명 있었다는 사실을 알고 이번에는 소박하게 감탄했다.

하지만 이래서는 한 개가 부족하다. 마지막 하나를 위해 6학년 1반 아이들은 글자 그대로 머리를 쥐어짜 냈을 것이 틀림없다. 고백하자면, 곤도 교감도 이를 악물고 생각했지만 마지막까지 떠올리지 못했다.

결국 6학년 1반에서 만점인 아이는 없었다. 미야자키 선생은 해답과 채점한 시험지를 나눠 주면서 아이들을 매도했다―고 한다. ('매도罵倒'라는 말은 나중에 6학년 1반 아이 중 하나가 사용한 표현이다. 곤도 교감은 아이들의 풍부한 어휘력에 다시 감탄했다.)

'고가'의 마지막 하나는 '황해蝗害'였다. 그러니까 메뚜기 피해를 가리키는 말이다. 또다시 고백하자면, 그것을 확인하기 위해 교감은 사전을 펼쳤다.

이 시험 후에 아이들은 즉각 불만의 소리를 내기 시작했다. 밀어내기로 끝내기 역전패를 연출한 투수에게 쏟아붓는 듯한, 일제히 끓어오른 성대한 야유는 백만 마리 메뚜기 대군의 날갯짓처럼 울려퍼져 곤도 교감의 귀에도 들어왔다.

교감 집무실에서 그 일에 대해 의논했을 때 미야자키 선생은 딱 잘라 말했다.

"저는 당연한 학력을 요구했을 뿐입니다."

"하지만 나도 적을 수 없었어요. 나도 낙제인가요?"

곤도 교감의 물음에 미야자키 선생은 단어로 대답했다. 다름 아닌, "흥".

그때 일을 떠올리면 곤도 교감은 마음이 무거워진다. 화내고 있는 아이들을—그것도 지극히 이치에 맞는 이유로 화내고 있는 아이들을 달래는 일은 고생스러운 작업이다.

이번에도 다시 똑같은 일을 해야만 하나. 아니, 하지만—.

서류 가위를 책상에 도로 놓고 교감은 거칠고 억센 손가락으로 깍지를 꼈다. 1학년과 2학년 아이들에게 〈교회가 있어요〉라는 노래의 손가락 놀이를 가르쳐 줄 때와 똑같은 모양새로. 아이들에게 놀이 노래나 이야기를 들려주는 것은 곤도 교감이 특별히 쟁취한 커리큘럼이다.

"아이들이 원하는 대로 하게 해 줄 수는 없을까요."

"절대로 안 됩니다. 결코 허락하지 않겠습니다."

미야자키 선생은 말에 힘을 주었다.

"6학년 졸업 연구 과제는 원칙적으로 자유롭게 정할 수 있을 텐데요."

"과제가 상식의 범위를 일탈했다면 얘기가 다릅니다."

교감은 한숨을 쉬었다.

"알겠습니다" 하고 대답하며 깨끗하게 벗겨진 정수리를 쓰다듬는다. 벗겨진 머리와 앞니에 씌운 금니 때문에 아이들로부터 '나마하게*정월 보름날 밤, 아키타 지역에서 벌어지는 귀신맞이 행사 또는 그 행사에 등장하는 귀신을 가리키는 말이다. 귀신 탈에 그리는 커다란 이빨과 대머리(하게)라는 단어를 가지고 별명을 붙인 것*'라는 별명을 얻었다.

"내가 가서 아이들과 얘기해 보지요."

교무실을 빠져나온 교감은 복도를 걸어 왼쪽으로 코너를 돌았다. 6학년 교실이 있는 삼층까지 터벅터벅 계단을 오른다. 작년에 새로 지은 이 학교는 계단 경사가 완만하고 벽지는 밝은 파스텔 색상이다. 복도의 일부에는 쪽매붙임 세공이 입혀져 있다. 초등학교라기보다는 아동 회관 같다. 앞으로 두 달 후, 곤도 교감의 이십오 년 교직 생활은 모델 하우스처럼 예쁜 이 학교에서 종언을 맞이할 예정이다. 정년퇴직이다.

매년 있는 6학년 졸업 연구 발표회는 졸업식 전날 열릴 예정이다. 올해 졸업생들의 발표회는 곤도 교감에게 있어서도 마지막 행사가 된다.

삼층으로 향하는 마지막 한 계단을 영차 하고 오른다. 수업을 하러 교실로 갈 때 숨이 차면 은퇴할 때가 된 거라는 선배 교사의 말을 떠올렸다.

"나마하게가 왔다!"

정찰부원의 소리와 함께 모퉁이에서 휘익 하고 아이의 그림자가 스친다. 하얀 실내화 끝자락과 붉은 양말이 보였다. 오늘 아침에 저 양말을 신고 있던 학생은 이시다 쇼였을 터다.

웅성거리던 6학년 1반은 곤도 교감이 교실 문에 손을 댄 순간 기다리고 있었다는 듯 조용해졌다. 교감은 문을 열었다.

스물여섯 명의 아이들이—남학생 열네 명, 여학생 열두 명—눈도 깜빡이지 않고 교감을 주목한다. 아이 특유의 푸른 기가 도는 흰자위와 지나치게 큰 검은 눈동자 스물여섯 쌍이, 민감한 레이더처럼 '나마하게'의 등장을 지켜보고 있다.

스물여섯 명 아이들의 스물여섯 개 책상 위에는 각각 하나씩, 미야자키 선생이 '그것'이라고 내뱉었던 물건이 조용히 버티고 앉아 있다. 조용한 까닭은 그것이 식물이기 때문이고, 버티고 앉아 있는 까닭은 화분에 심어졌기 때문이다. 약간 길쭉하고 독특한 잎은 가시가 나 있고 짙은 녹색을 띠고 있다. 꽃은 피어 있지 않다.

"교감 선생님."

창가 가장 앞줄에서 남학생 한 명이 일어섰다. 이나가와 신이치. 교감이 기억하기로는 6학년 1반에서 가장 성적이 좋은 학생이고, 또한 결석 일수가 가장 많은 학생이기도 했다.

딱히 병약하지는 않다. 결석 이유를 물어보면 "어젯밤부터 읽은 책이 무척 재미있어서 끝까지 읽고 싶었다"라든가, "등교하려고 걷고 있었는데 너무 날씨가 좋아서 교실에 있기 아깝다고 생각해 버렸다" 같은 대답을 한다.

그러면서 '경개梗槪'와 '구개口蓋'를 적을 수 있었던 학생도 이 아이다.

"교감 선생님. 저희, 무슨 일이 있어도 하고 싶어요."

신이치의 말에 남은 스물다섯 명의 자그마한 머리들이 끄덕였다. 그의 머리만큼이나 큰 화분을 안고 신이치는 선언했다.

"왜냐면, 선인장에는 정말로 초능력이 있단 말이에요."

2

그날 밤, 곤도 교감은 버번을 한 병 들고 아키야마 도오루의 아파트를 찾아갔다.

"올드 크로인가요. 와, 반가운걸요."

도오루는 교감보다도 병의 라벨을 먼저 보더니 환영한다는 표정을 지었다.

"주류 가게에서 덤으로 받은 잔에 마시는 건 미안하려나."

"무슨 상관이겠나. 좋은 술은 사발로 마셔도 좋은 법이네."

세 평짜리 방 한 칸에서 각기 책장과 책상 다리에 기대어, 두 사람은 잠시 동안 묵묵히 기분 좋게 마셨다.

"자네, 이번 정월에는 고향에 갔었나?"

"예, 갔습니다."

"고시노 간바이_{일본 니가타 현의 대표적인 일본주}는 마셨나? 요즘은 원산지에서도 손에 넣기 힘들다고 하던데."

"유감스럽게도요."

도오루는 조금도 유감스럽지 않은 얼굴로 대답했다.

"다음에 꼭 좋은 방법을 생각해서 함께 마시러 가시지요."

"그러지."

곤도 교감은 생긋 웃었다.

병의 내용물이 삼분의 일 정도 줄었을 때, 교감은 그제야 오늘 있었던 일을 이야기하기 시작했다.

"이런 호강을 시켜 주시는 데는 뭔가 이유가 있을 거라고 생각은 했지만."

도오루는 뒷머리를 긁적였다.

"또 대단히 귀찮은 일을 시작했군요. 6학년 1반 아이들은."

"그것 자체는 별로 귀찮은 일이 아니네만."

교감은 유리잔 바닥을 들여다보면서 말했다.

"요는 교사들이 너무 소란을 떤다는 거네."

"아이들한테 생각을 바꾸라고 얘기해 보셨습니까?"

"선인장의 초능력을 연구하는 것이 졸업 연구와 어울린다고 생각하는지는 물어봤지."

"뭐라고 하던가요?"

"이異생물체와의 커뮤니케이션을 시험해 보는 일은 인류 전체에게 있어서 의의가 있는 일이라고 생각한다더구먼."

"그거, 야마모토 나오미지요?" 도오루는 히죽히죽 웃었다. "그 아이의 장래 희망은 '여사★★'라고 불리는 거라더군요."

"어떻게 하면 좋겠나?"

기세 좋게 병을 기울이며 곤도 교감은 물었다. 도오루는 자신의 잔을 병 입구 쪽으로 내밀었다.

"선생님 생각대로 하시면 되죠. 지금까지 해 오신 것처럼."

호리호리한 손가락으로 안경을 밀어 올리고는 관찰하듯이 가만히 교감을 본다.

"선생님 입에서 '어떻게 하면 좋지' 같은 말이 나오다니 의외인데요. 저는 틀림없이, 아이들이 좋을 대로 하게 해 주고 싶으니 다른 선생님들이 꺅꺅거릴 때는 이전처럼 제가 아이들을 부추겼다고 해 달라는 부탁을 받겠구나 하고 생각했습니다."

"그런 걸 부탁하러 올 거면 올드 크로로는 안 되지. 적어도 레미 마르탱 정도는 가지고 와야······."

"올해의 보졸레 누보를 출시일에 입수해 주신다보졸레 누보는 매년 십일월 셋

째 주 목요일에 출시된다는 약속하고요."

"자네는 술이라면 뭐든 좋은 겐가?"

"물론이죠. 선생님과 똑같습니다."

도오루는 약삭빠르게 대답하고, 헛기침을 한번 하더니 말을 이었다.

"선생님의 꿈은, 이 세상에 하나밖에 없는 술. 그런 게 만약 있다면 마셔 보고 싶다."

이전에 6학년 아이들에게 '나의 꿈'이라는 제목으로 작문을 하게 했을 때 곤도 교감이 했던 말이다. 아이들은 재미있어했지만, 일부 교사와 부모들에게 "교감이라는 자가 아이들 앞에서 무슨 말도 안 되는 소리를!" 하고 실컷 괴롭힘을 당한 원인이 된 발언이다.

"1반 아이들에게 들었군."

곤도 교감은 쑥스러운 듯이 웃었다.

교감과 이 대학교 3학년 학생이 만난 것도 역시 6학년 1반 아이들의 '만행'이 원인이었다.

작년 오월, 학교에서 버스로 이십 분 정도 떨어진 곳에 커다란 도립 식물원이 문을 열었다. 독립 시설로서는 일본 최대 규모로 열대, 온대, 툰드라, 사막, 고산 지대, 그 외 여러 가지 기후대의 식물을 모아 놓았다. 그중에서도 열대우림을 그대로 재현한 대온실이 자랑거리다. 교감도 발걸음을 한 적이 있는데, 입장료로 고작 삼백 엔을 지불하고 실컷 즐기고 돌아올 수 있었다.

이 식물원 개원일은 평일이다. 휴일로 잡기에는 개원식에서 테이프 커팅을 할 직원들 사정이 안 맞았던 모양이다.

그것 자체는 상관없다. 문제는 개원식 날은 입장이 무료일 뿐 아니라, 대온실 안에서 열대 과일을 실컷 먹을 수 있다는 점이다.

6학년 1반의 아이들은 이 기회를 놓치지 않았다. 그들은 아침에 평소대로 등교해, 1교시가 끝나자 세 그룹으로 나뉘어 학교를 탈주했다. 그러고는 개원 테이프가 잘린 순간부터 쭈욱, 한나절이나 걸려 천천히 실컷 원내를 견학하고 왔다. 물론 신기한 과일들로 배를 가득 채우는 일도 잊지 않았다. 그러고서 6교시가 시작될 즈음 완전히 만족한 얼굴로 학교로 돌아왔다.

스물여섯 명이 행방불명된 일에 혼란, 경악, 책임 전가하기 사이를 오가고 있던 학교 관계자들은, 물론 학교로 돌아온 아이들의 "다른 차원으로 길을 잃어버린 거예요, 틀림없이" 같은 거짓말을 상대해 주지는 않았다. 추궁이 소용없다면 조사를 한다. 그리고 얼마 지나지 않아 아이들이 식물원을 갔다는 사실을 알아냈다.

그렇게 되니 이번에는 다른 의문이 생겼다. 스물여섯 명의 아이들. 체격도 얼굴도 가지각색이지만 아이라는 사실은 틀림이 없다. 그런 아이들이, 당연히 학교에 있어야 할 평일 낮에 개원식을 찾은 수많은 어른들에 뒤섞여, 어떻게 전혀 의심받거나 혼나는 일도 없이 느긋하게 관람할 수 있었을까?

그 답이 아키야마 도오루였다. 곤도 교감은 사건의 흥분이 잦아들 무렵, 순수하게 수수께끼로서 굉장히 흥미가 있고 어디에도 발설하지 않을 테니 가르쳐 달라고 부탁해서, 내심 비밀을 얘기하고 싶어 좀이 쑤신 여자아이 두 명에게서 답을 알아내는 데 성공했다.

아이들은 도내에 있는 몇 개의 대학을 돌아다니며, 엄정한 심사를 통해 아키야마 도오루를 스카우트해 왔다. 인솔자로 삼기 위해서다.

"유쾌했어요."

진상을 알게 된 곤도 교감이 만나러 갔을 때 도오루는 즐겁다는 듯이 말했다.

"저는 교사가 될 생각은 없지만, 아이들을 데리고 담임인 척 깃발을 흔들며 걷는 일은 실로 의미 있는 경험이었습니다."

"아이들은 어째서 자네를 골랐을까."

교감이 묻자 그는 어깨를 움츠렸다.

"저도 흥미가 생겨 물어봤더니 이나가와 신이치라는 아이가 가르쳐 줬습니다. 그 아이가 리더격이죠. 우선 첫 번째로, 저는 여자 친구가 있을 것 같아 보이지 않았다는 점. 여성은 보수적이고 수다스러워서 이런 이야기가 전해졌다간 확실히 들켜 버릴 테니까 그렇다네요. 그리고 제가 매우 기가 약해 보였기 때문이래요. 요즘 선생님들은 그렇게 빌빌거리나요?"

"으음, 여러 가지 겁낼 원인이 많으니까 말이야."

교감은 대답하고 나서 크게 웃으며 도오루를 데리고 나가 잔뜩 마셨다. 그 주 일요일, 1반 아이들 모두를 집으로 불러 자신 있는 요리인 수제 중화 국수를 대접했다. 닭뼈로 국물을 내는 일부터 시작하는 본격적인 요리로, 아이들은 굉장히 즐거워했다.

"그건 그렇고, 아이들은 선인장의 어떤 초능력을 연구할 생각일까요?"

유리잔에 얼음을 채우며 도오루가 재미있다는 듯이 물었다.

"나도 잘 모르겠군. 예지 능력이라나 투시라나 했지만."

"오…… 굉장하네요. 아이들은 초능력을 좋아하는 법이지만요. 저희 때는 스푼 구부리기가 엄청 유행했는데요."

"선인장이 스푼을 구부려 봤자 고맙지도 않고."

도오루는 큰 소리로 웃었다.

"그야 그렇죠. 하지만 선인장에는 감정이 있어서 인간의 말이나 음악을 이해한다는 얘기는 들은 적이 있어요."

"기괴한 이야기군."

떨떠름한 얼굴을 하던 교감의 머리에 문득 어떤 말이 생각났다. 중얼거려 보았다.

"우리는 선인장이다."

"네?"

"식물원 견학 사건 소동 때 이나가와 신이치가 내게 그랬지. 우리는 모두 선인장입니다, 라고."

"아이들이 그렇게 뾰족뾰족합니까?"

"아니, 그게 아니야."

교감은 생각에 잠기며 턱을 어루만졌다. 그러고는 자기도 모르게 미소 지었다.

"누구에게도 전정剪定당하지 않기 때문이라고 하더군."

"흠, 그거 좋군요."

도오루는 먼 곳을 보는 듯한 눈빛으로 싱글벙글했지만, 이내 유리잔을 한 손에 들고 약간 고개를 갸웃거렸다.

"하지만 얘기를 듣자하니, 이번에 아이들이 연구하려 하는 화분은 어쩌면 선인장이 아닐지도 몰라요. 긴 가시가 달린 잎이 있죠?"

"그렇네. 사막에서 자라지."

"사막 식물이 전부 선인장은 아니라니까요. 저는 그게 용설란龍舌蘭이 아닐까 하는 생각이 드는데요."

곤도 교감은 멍하니 턱을 괴었다.

"아무튼 하고 싶은 걸 하게 해 주고 싶단 말일세. 아이들은 진지하다고."

"그렇죠. 그것이 선생님의 평소 방침이지 않습니까. 일부러 그걸 제게 선언하러 오시다니, 꽤나 마음이 약해지셨네요."

"모르겠군."

교감은 약간 웃었다.

"교장 선생님이 뭐라고 말씀이라도 하셨나요?"

"그 사람은 여기저기 회합이나 위원회 활동으로 바빠서 그럴 상황이 아니야. 내년에 정년퇴직하면 구의회 의원으로 입후보한다더군. 그러기 위해서는 여러 가지 사전 공작이 필요할 테지. 나와는 정말 다르다니까. 대단한 에너지야."

"칭찬받을 만한 이야기도 아니라고 생각하지만요."

도오루는 시원스레 말했다.

"아무튼, 정년이 가까워지고 내 기력도 닳기 시작하는 게지. 이렇게 약해진 건 아내를 먼저 보냈을 때 이래 처음이야. 그래서 자네를 향해 전투 선언을 하러 온 거네. 아이들이 선인장과 사이좋게 지내지 못하게 하려고 굉장한 폭풍이 불기 시작할 게 눈에 훤하니까 말이야."

"힘내세요, 할아버지."

                                3

 '폭풍' 정도가 아니었다.
 다음 날부터 일어난 소동을 그렇게 표현하는 건 초모랑마에베레스트를 가리키는 티벳 말를 보고 다카오 산도쿄 하치오지 시에 있는 높이 599미터의 산이라고 부르는 것이나 마찬가지였다. 곤도 교감은 사전을 펼쳐 폭풍보다 더욱 굉장한 것을 표현하는 말을 찾아보았지만, 그 사이에도 집무실 의자에서 날려가 버리지 않도록 꼭 매달려 있어야 했다.
 우선 미야자키 선생이 등교를 거부하기 시작했다. 아이들이 저런 이상한 일을 시작한 이상 정상적인 교사인 자신은 다루기 어렵다는 것이 이유였다.
 "원하시는 만큼 쉬면서 머리를 식히시죠."
 곤도 교감은 이십오 년 교직 생활에서 처음으로 차가운 목소리를 냈다. 상대는 약간 창백해져서, 곤도 교감이 결국 교장이 되지 못하고 교감으로 머무른 원인에 대해 자신에게는 확고한 지론이 있다는 얘기를 퇴장하기 전 한바탕 늘어놓고 갔다.
 그가 나가 버린 후 교감은 허공을 향해 "흥" 하고 콧방귀를 뀌었다. 그리고 나서 쭈욱 등줄기를 펴며 "나도 선인장이다" 하고 엄숙하게 선언했다.
 가시는 많이 빠져 버렸다. 수분도 줄고 활력도 잃기 시작했다.

그래도 선인장이다. 전정당할 일은 없다.

"다만, 그러니 결국 벽면을 장식할 만한 일도 없던 거겠지만" 하며 덧붙이고는 쓸쓸하게 웃었다.

다른 교사들의 압력도 격렬했다. 미야자키 선생과는 달리, 1반 같은 연구 주제를 인정하면 다른 반에 대한 본보기가 되지 못한다는 이유다. 확실히, 다른 반에서는 '한자 전래의 역사'라든가 '일본의 방언 지도'라든가 '각지에 남은 조몬 시대의 유적' 등, 누구의 눈치를 볼 필요가 없다면 천 년이 지나도 아이가 자발적으로 채택할 리 없는 주제가 줄을 서 있다.

"그렇다면 여러분 반의 아이들에게도 정말로 흥미 있는 테마를 자유롭게 채택하라고 하면 어떨까요."

교감의 대답에 교무주임인 여교사가 눈썹을 치켜뜨며 대답했다.

"자유 연구는 놀이가 아닙니다. 최우수작은 도의 콩쿠르에도 출품됩니다. 학교의 명예와 저희 평판이 걸려 있다고요."

교감은 미야자키 선생을 흉내 내어 코로 응대했다. 그러고는 흥분한 여교사에게 걸리기 전에 얼른 집무실에서 퇴장했다. 그날 밤은 액막이로 '오니고로시'를 마시고 일찌감치 자 버렸다.

학부모와의 전쟁도 심각했다. 개중에는 흥미를 가지고 이 일을 지켜보는 학부모도 있었지만 지극히 소수다. 대다수는 묘한 자유 연구를 하게 내버려두는 일에, 혹은 어떤 조치도 취하지 않고 수업을 방기한 미야자키 선생에게, 혹은 양쪽 모두에 화를 내고 있다. 곤도 교감은 설명회를 열어 3학기 수업은 자신이 담당할 것이고, 자유 연구는 아이들의 의사를 존중하면서 연구하도록 하는 데 의

의가 있음을 되풀이해 끈기 있게 설명했다.

유일한 구원은 6학년 1반 아이들도 각 가정에서 각자의 싸움을 계속하며 애쓰고 있다는 사실이었다. 어른들도 만만치 않았지만 아이들의 결속과 결심은 굳었다.

그런 식으로 곤도 교감이 고심하는 사이 6학년 1반의 아이들은 이렇다 할 변화도 없이 매일 등교하고 있었다. 스물여섯 개의 화분도 학교에서 모습을 감추었다.

"어디에서 연구하고 있을까?"

사건이 시작된 지 일주일 정도 지난 뒤 참께 소주를 들고 도오루를 방문했을 때, 교감은 그런 의문을 입에 올렸다.

"그 아이들, 닌자처럼 조용하더구먼."

"제가 한번 나서 볼까요."

도오루는 자청했다.

"아무나 한 명 붙잡아서 살짝 물어보겠습니다. 하는 김에 연구의 진행 상황도 보고 오지요."

"잘되고 있으면 좋겠는데."

"아이들의 선인장이 주가 상장을 예견할 수 있게 된다면 굉장한 일이 될걸요. 그런데 이거, 괜찮은데요. 향이 좋아요."

도오루는 참께 소주가 든 유리잔을 들었다.

약속대로 삼 일 정도 후에 도오루에게 연락이 왔다. 아이들의 연구실을 알아냈다고 한다.

"이나가와 신이치의 집입니다. 그 아이를 만나고 왔습니다. 굉장히 순조롭게 진행되고 있다는데요."

신이치의 집은 아담한 삼 층짜리 철근 빌딩으로, 일층에는 가족이 살고 이층과 삼층은 남에게 세를 놓고 있다. 반지하에 주차장이 있고 이곳도 빌려 주고 있다. 아무래도 아이들은 그곳에서 연구를 진행하는 모양이다.

"낮에는 차들도 다 나가 주차장은 텅 비어 있으니까 모두가 들어갈 만한 공간이 생긴다네요."

"자네, 안을 보고 온 겐가."

"유감이지만 들여보내 주지 않았습니다. 그 아이들, 선인장을 위해서 온실 비슷한 것까지 만들고 있는 모양입니다. 습기며 열기가 굉장해서 신이치 군은 반소매를 입고도 땀을 흘리고 있던데요."

매일 계속되는 냉전 속에서 이 뉴스는 교감을 기쁘게 했다. 어떤 연구를 하든 착실히 진행되고 있다면 기쁜 일이다. 게다가 흥미도 일기 시작했다.

그런데 그 이후 이 주 정도 지난 어느 날, 곤도 교감의 전투에 극히 불리한 사태가 일어나 버렸다.

4

"아이들이 착란을 일으키고 있다고?"

연락을 받고 집무실로 뛰어 들어온 여교사의 말에 곤도 교감은 눈을 부릅떴다.

과학 교사가 와서 최근 일어난 실험실 도난 사건 얘기를 하던 중이었다. 플라스크 두 개와 버너 한 개가 어느 샌가 없어졌다는 이야기다. 하지만 여교사의 말에 너무 놀랐기 때문에 그런 일 따위는 교감의 머리에서 날아가 버렸다.

"그렇습니다. 영문을 알 수 없는 말을 크게 소리 지르며 날았다가 뛰었다가 하고 있다고 합니다. 그것도 주위에 모기향을 산더미처럼 피워 놓고요."

"모기향이라고요?"

놀라 평정을 잃으면서도 여교사는 교감의 반응을 보고 있는 듯했다. 눈이 심술궂게 웃고 있다.

"어떻게 하시겠어요?"

"아무튼 바로 가 봅시다. 장소는 어디인가요?"

"이나가와 신이치의 자택입니다."

교정을 달려 나가 택시를 잡고 신이치의 집에 도착할 때까지 이십 분 정도 걸렸다. 교감에게는 한 시간처럼 느껴졌다.

차에서 내리자, 신이치의 집을 뒤로 하고 삼십 대로 보이는 여자 하나가 초조해하는 모습으로 기다리고 있었다. 교감 일행을 보자 달려오더니 덤벼들 듯한 기세로 말한다.

"선생님이십니까? 제가 전화한 사람입니다. 여기 삼층을 빌려 살고 있어서요. 조금 급한 볼일이 있어 지하 창고에 내려갔다가 주차장에서 이나가와 씨의 자제분과 친구들을 발견했는데요."

그러고는 건물로 달려가려는 교감의 옷자락을 쥐고 말렸다.

"안 돼요. 아이들이 문을 잠가 버렸거든요."

"자물쇠를? 그럼 아직 소동을 피우고 있습니까?"

"지금은 모르겠지만 제가 봤을 때는 그야말로 난리였어요."
여자가 창백한 얼굴로 크게 끄덕였다.
"정신이 나간 것 같은 소란이었어요. 풀에 다리를 쑤셔 넣고."
"풀?"
교감은 기겁했다.
"네, 어린애들이 쓰는 수영 풀요. 비닐로 만든. 그 안에 대여섯 명의 아이들이 들어가서, 날았다가 뛰었다가 하는 거예요. 주위에도 아이들이 있어서 와악 하며 환성을 지르고 있고요. 게다가 모기향을 잔뜩 피워서 연기는 굉장하지, 이상한 냄새는 나지."
여교사는 찌릿 하고 교감을 노려보았다.
"아이는 암시에 걸리기 쉬운 법입니다. 초능력 따위에 열중하게 된 탓에, 일시적으로 집단 히스테리 상태가 된 것이 틀림없어요."
교감은 등줄기가 선뜩해졌다.
"아무튼, 어떻게든 설득해서 문을 열게 해야죠."
그때 문이 열리고 신이치가 나왔다. 느긋한 동작을 보니 히스테리도 뭣도 아닌 듯하다. 아연해 있는 교감 일행을 보더니 생긋 웃으며 머리를 숙인다.

여교사를 먼저 돌려보낸 뒤 곤도 교감은 홀로 현장에 남아 신이치와 이야기를 했다. 혼자서 주차장 청소를 하고 있었다고 한다.
주차장 안도 들여다보았다. 특별히 수상쩍은 점은 없었다. 콘크리트 바닥은 깨끗하게 청소되어 물이 끼얹어져 있다. 비닐 수영 풀은 어디에도 보이지 않았다.

다만, 모기향 냄새만은 감돌고 있다.

"어째서 이런 곳에서 모기향을 피운 게냐?"

"주차장 청소를 하고 있으면 모기에 많이 물리거든요. 여기는 어둡고 따뜻하니까 겨울에도 모기가 있어요."

신이치는 순순히 대답했다.

왠지 모르게 신이치가 무언가를 숨기고 있다는 기분이 들었다. 하지만 교감은 추궁하지 않았다. 일이 위험하게 흘러간다면 그것을 숨길 아이는 아니다. 그러니 이 아이가 아무 말도 하지 않는다면 억지로 물을 필요도 없다고 생각했다.

"자유 연구는 잘되고 있니?"

그것만은 물어보았다. 소년은 기쁜 듯이 고개를 끄덕거렸다.

"무척 순조롭습니다. 연구 발표회를 기대해 주세요."

"물론이다."

그렇게 대답하고서 교감은 작게 덧붙였다.

"감기 걸리지 않도록 셔츠를 갈아입으려무나."

신이치가 한겨울인 이 시기에 꽤나 땀을 흘리고 있었기 때문이다. 마치—실컷 날뛰고 난 후처럼.

아이와 헤어져 주차장에서 바깥 도로로 올라오니 상당히 낡은 애차에 기대어 아키야마 도오루가 싱글벙글 웃고 있다.

"자네가 어째서 이곳에 있는 겐가?"

도오루는 주위를 돌아보며 아무도 없음을 확인하더니, 목소리를 낮추고 대답했다.

"제가 저 아이들을 도망치게 했거든요."

교감은 오늘 몇 번째가 되는지 모르겠지만 눈을 부릅떴다.

"이러다간 눈이 튀어나오겠어."

이마를 문지르며 중얼거렸다.

"자네는 언제부터 여기 있었나?"

"저 여자분이 전화를 걸러 간 것과 엇갈려 도착했어요. 아이들은 당황했죠. 그래서 제가 구원대가 되었고요."

"당황했다? 그럼 저 사람이 했던 말은 정말인가? 아이들은 정말로 날뛰고 있었단 말이야?"

"분명히요." 도오루는 대답했다. "물론 풀도 있었습니다. 괜찮아요. 저 아이들은 집단 히스테리 따위에 걸리지 않았거든요."

교감은 신이치가 나왔던 문에 시선을 주었다. 대체 저 안에서 선인장을 상대로 어떤 실험을 하고 있을까.

도오루는 태평하게 말했다.

"발표회가 기대되네요. 선인장의 초능력, 진짜라면 굉장한 얘기잖아요."

5

졸업 연구 발표회 당일이 다가왔다.

6학년 1반의 발표 순서는 제비뽑기에 따라 맨 마지막으로 결정되었다. 곤도 교감은 발표회장인 강당에 모인 부모나 교사들의 차가운 시선을 느끼고, 때때로 넥타이를 느슨히 하며 아이들의 발표를 감상했다.

1반 차례가 되자, 먼저 열 가운데에서 이나가와 신이치가 일어섰다. 화분을 품에 꼭 안고 있다.

신이치는 침착한 발걸음으로 무대로 올라갔다. 연설대 위에 화분을 놓고는 마이크 위치를 조절하고 천천히 입을 연다.

"저희 1반은, 어떤 종류의 식물과 커뮤니케이션하는 연구를 실시했습니다."

청중을 빙 둘러본다. 모두들 가만히 그다음 말을 기다리고 있다. 1반 아이들도 대기하고 있다. 곤도 교감은 주머니에서 수건을 꺼내 이마를 훔쳤다.

"대상이 된 식물은 이 화분입니다. 이것은 멕시코 등의 사막 지대에서 자라는 용설란의 일종입니다. 저희는 이것과 커뮤니케이션을 하는 데 성공해, 이 식물에게 소위 투시력과 텔레파시 능력이 있음을 발견했습니다. 이제부터 그것을 증명하는 실험을 보여 드리도록 하겠습니다."

회장이 술렁였다. 교감은 꿀꺽 침을 삼켰다.

1반 아이들이 자기 자리에서 일어서 회장 안으로 흩어졌다. 각자 손에 자그마한 백지와 연필을 들고 있다. 신이치가 설명했다.

"이제부터 저희 1반의 학생 스물다섯 명이 회장 안에서 적당히 고른 분에게 종이와 연필을 건네드리겠습니다. 건네받은 분은 종이에 아무거나 한 가지 질문을 적어 주십시오. 뭐든 좋습니다. 다만 내용은 절대로 보이지 않도록 주의해 주십시오. 그러고 나서 모두 적으셨으면 종이를 1반 학생에게 돌려주십시오."

아이들이 움직이며 종이와 연필을 나누어 줬다. 회장을 둘러보던 곤도 교감은 '여사' 야마모토 나오미가 뒤쪽에 앉아 있던 아키야마 도오루에게 종이를 건네는 모습에 시선이 미쳤다.

도오루가 나오미에게 종이를 건네줄 때까지 교감은 가만히 바라보고 있었다. 그러다가 도오루와 눈이 마주쳤다. 그가 인사하며 미소 지었다.

놀랍게도 쪽지 중 한 장은 곤도 교감에게도 돌아왔다. 질문을 다 쓰자 붉은 양말의 이시다 쇼가 고지식한 얼굴로 받아 들었다.

"그럼 1반 여러분은 모인 종이를 제가 있는 곳까지 가지고 와 주십시오."

그 말에 따라 아이들은 무대로 올라와 순서대로 신이치에게 쪽지를 건넸다. 스물다섯 개가 모이자 신이치는 그것을 깔끔하게 모아 연설대의 화분 옆에 올려놓았다.

"드디어 투시력 실험으로 옮겨 가겠습니다. 이치는 간단합니다. 지금 이 자리에서 적당히 고른 사람이 아무런 준비도 하지 않고 적어 준 질문을 이 화분이 읽습니다. 그것을 텔레파시로 제게 전합니다."

회장에서 가지각색의 목소리가 일었다. 자리를 박차고 일어서는 부모도 있었다.

"부디 자리로 돌아가 주십시오."

신이치는 침착했다.

"화분이 전달해 준 질문을 제가 말하면, 그때는 그 질문을 적으신 분이 일어나셔서 맞았는지 가르쳐 주십시오."

신이치는 우선 가장 위에 놓인 쪽지를 가만히 꺼냈다. 쪽지를 화분 밑에 두고는, 자신은 녹색 잎에 손을 댄 채 눈을 감았다.

신이치가 입을 다물고 집중하는 사이 야마모토 나오미가 청중을 향해 말했다.

"저희는 한 사람에 하나씩, 저것과 똑같은 화분을 샀습니다. 그리고 한 사람씩 자신의 화분과 텔레파시로 교신할 수 있는지 실험해 보았습니다. 그 결과 이나가와 군과 저 화분이 가장 텔레파시가 강하다는 사실을 알게 되었습니다."

침묵. 곤도 교감은 참을 수 없어 헛기침을 했다.

"알았습니다."

신이치가 얼굴을 들었다. 화분에서 손을 뗀다.

"여러분 중에, 올해 자이언트가 우승할 수 있을지 알고 싶다고 쓰신 분은 어느 분이십니까?"

청중은 주위를 둘러본다. 웅성거림 속에서 머리를 긁적이며 아키야마 도오루가 일어섰다.

"틀림없습니까?"

"응, 맞았어."

도오루는 대답했다.

"정말로 그렇게 적었다니까요."

신이치는 화분 밑에서 종이를 꺼냈다. 펼쳐서 읽는다. 끄덕인다.

"그렇군요, 맞았습니다. 고맙습니다. 그럼 다음으로 가겠습니다."

다시 똑같은 수순이 되풀이되고 신이치는 말했다.

"다음 주 일요일, 가족끼리 하코네에 가는데 그곳 날씨를 알 수 있으면 좋겠다고 생각하신 건 어느 분이십니까?"

어머—! 하고, 손으로 입을 가리며, 중간 정도에 앉아 있던 여성이 일어섰다.

"대지진은 정말로 올까, 하고 적으신 분은 누구십니까?"

"카탈로그를 보고 주문한 웨건이 배달 올 날짜를 알고 싶다고 하신 분은 어느 분이십니까?"

"공단 주택 추첨에 당첨될지 알고 싶으신 분은?"

"신발 사이즈를 맞혀 보세요, 라고 적은 분 계십니까?"

이렇게 해서, 스물네 개의 질문을 적은 인물들이 놀라고 쓴웃음 짓고 신기해하며 일어서는 상황이 되었다.

마지막 스물다섯 번째가 교감의 쪽지였다. 신이치는 매끈매끈한 미간에 주름을 짓고 가만히 화분에 손을 올려놓고 있었다. 이윽고 말했다.

"저희도 마찬가지입니다."

교감은 "너희 선인장들과 헤어지는 일은 무척 쓸쓸하단다" 하고 적었다.

"화분은 전부 올바르게 읽어 내서 제게 텔레파시로 전해 주었습니다. 실험은 성공입니다. 식물에는 마음이 있습니다. 여러분, 식물을 소중히 해 주세요."

신이치는 무대에서 내려왔다. 박수가 일었다.

도오루가 찾아온 것은 졸업식이 있고 일주일이 지난 뒤의 일이었다.

"은거 생활은 어떠십니까, 선생님."

혼자서 살기에는 넓은 집에서 곤도 교감은—이제, 교감도 선생도 아니게 되었지만—오도카니 살고 있다. 요즘은 책이나 앨범 정리를 하며 시간을 보낸다.

"저, 오늘은 배달하러 왔거든요."

도오루는 그렇게 말하며 소포를 내밀었다. 엷은 갈색 방수지로 싸고 노끈으로 묶은 상자에 어설픈 꽃 매듭을 지은 붉은 리본이 달려 있다. 열어 보니 네 홉짜리 일본주를 담은 상자가 나왔다.

"오늘은 일본풍으로 가자는 건가."

교감이 말했지만 도오루는 고개를 저었다.

"일단 편지를 읽어 보세요."

상자와 함께 편지가 한 통 들어 있다. 엷은 푸른색 봉투에 같은 색 편지지다. 내용은 짧았다.

— 나마하게 선인장 선생님, 교장 선생님이 되지 않아 주셔서 정말 고마워요.

그 밑에 '6학년 1반 학생 일동'이라고 되어 있다.

곤도 교감은 편지를 세 번 읽었다. 그러고는 눈을 들어 술병을 한번 보고, 도오루의 얼굴에 시선을 주었다. 그는 얼굴 가득히 웃음을 지으며 말했다.

"식물의 초능력 따위 순 거짓말이에요. 발표회 날에 1반 아이들이 한 건 눈속임이었어요."

"투시술이?"

교감은 멍하니 입을 벌렸다.

"그 트릭은 회장에 바람잡이가 하나 있으면 간단히 할 수 있는 속임수거든요. 그날은 제가 바람잡이를 했죠. 재밌었어요."

"어떻게 했나? 쪽지에 질문을 적은 사람들은 모두 정말로 놀랐어. 나도 깜짝 놀랐다고."

"말씀드린 대로 했을 뿐이에요. 질문을 적은 종이를 읽고 그 내용을 말했죠."

"하지만……."

"신이치 군은 종이 내용을 보지 않았어요. 화분 밑에 엎어 두었으니까요. 읽은 건 답을 맞힌 후의 일이죠. 하지만 그건 그렇게 보이게 했을 뿐이거든요. 실제로는 질문을 맞히는 척하기 전에 종이를 읽고 있었던 거예요."

회장에서 질문을 적게 하고 그 종이를 회수하며 연설대로 옮긴다. 그때 바람잡이가 적은 종이를 가장 밑에 둔다. 그러고 나서 입으로는 사전에 의논해서 알고 있던 바람잡이의 질문을 말한다.

그 질문은 물론 맞는 답이다. 바람잡이는 놀라는 척한다. 신이치는 화분 밑에서 쪽지를 꺼낸다. 그 쪽지는 모아서 연설대에 놓을 때 가장 위에 있던 종이다. 내용을 읽고 바람잡이가 적은 질문을 확인하는 척한다. 하지만 실제로는, 그때 읽고 있는 종이쪽지는 다른 질문자가 적은 쪽지다. 그 내용이, 다음에 투시로 맞힌 것처럼 말할 내용이다.

"그렇게 하나씩 앞으로 어긋나게 읽어 감으로써, 화분 아래 있는 질문을 맞힌 것처럼 보이게 합니다. 이건 원 어헤드 시스템이라고 해서, 마술의 기본 트릭이거든요."

교감은 감탄하다가 어이없어하다가 했다. 이런이런, 하고 중얼거리고 말았다.

"그 아이들, 그렇게까지 치밀한 일을 꾸미다니 뭐가 목적이었던 걸까. 그저 모두를 놀라게 하고 싶었을 뿐인가."

"아니에요. 이걸 만들고 싶었던 겁니다. 만들어서 선생님에게 선물하는 것이 목적이었어요. 그러려면 저 화분이 잔뜩 필요했지만, 난데없이 저런 걸 사 모아 들이면 누군가 의심할지도 모르니까요. 그래서 초능력이라는 구실을 만든 겁니다."

"이건 대체 뭔가?"

교감은 병을 들어 올렸다.

"데킬라예요."

도오루는 대답했다.

"용설란으로 만드는 '불의 술'입니다."

주저앉은 교감은 하마터면 병을 떨어뜨릴 뻔했다.

"아이들은 선생님 덕분에 하고 싶은 일을 할 수 있었어요. 그래서 졸업 연구로 선생님에게 드릴 선물을 만들자고 결정했다더군요. 술을 말이죠. 저 아이들, 선생님의 꿈을 확실히 기억하고 있었어요."

이 세상에 하나밖에 없는 술이다. 말 그대로다. 유일무이한 술이었다.

"저런 화분은 대체 어디서 손에 넣었지?"

"식물원이죠. 그래서 저도 생각났거든요. 술의 원료가 되는 식물을 모은 '스피릿 오브 스피릿'이라는 코너가 있어서 여러 가지 모종이나 화분을 두고 관상용으로 판매도 하고 있어요. 아이들은 그것을 좀 더 탄력적으로 이용하는 방법을 생각해 낸 거죠."

"이거 참."

교감은 손으로 얼굴을 썩썩 문질렀다.

"데킬라를 그렇게 간단히 만들 수 있나?"

"그렇게 어렵지는 않아요. 우선 용설란 덩이줄기를 잘 찝니다."

교감은 아이들의 연구 장소가 굉장히 덥고 습했던 것을 떠올렸다.

"다음으로, 잘 뭉개서 즙을 모으고 발효시킵니다."

도오루는 쓴웃음을 지었다.

"이 '뭉개는' 부분에서 저 아이들, 와인하고 뒤범벅이 된 모양이에요."

수영 풀에 들어가 날고 뛰고 하던 사건이다. 교감은 웃어 버렸다.

"발로 뭉개고 있었던 건가!"

"예, 틀림없이 발을 깨끗하게 씻고 나서 했어요."

"모기향은 왜 피웠지?"

"냄새를 들키지 않도록 할 생각이었던 모양이지만 역효과였다고 반성하더군요. 그 사건으로 신이치 군의 집은 사용할 수 없게 되어서, 증류 작업은 제 아파트에서 했습니다."

교감은 번쩍 눈을 크게 떴다.

"잠깐 기다리게. 학교 과학실에서 플라스크가 없어졌던 일—."

"이미 돌려주었을 겁니다."

도오루는 싱글벙글했다.

"실은 이것도 직접 건네드리러 오고 싶었다고 합니다. 하지만 발표회 때 한 연극이 생각보다도 화제가 되는 바람에, 당분간 흥분을 가라앉힐 필요가 생겨 버렸거든요."

"그렇지."

교감은 머리에 맺힌 땀을 훔쳤다.

"아, 맞다. 또 하나 있어요. 잊으면 안 되지."

도오루는 정원을 가로질러 세워 둔 차로 다가갔다. 창문 사이로 손을 집어넣더니 화분을 잡고 꺼냈다.

"이거, 신이치 군이 가지고 있던 화분입니다. 이것만은 데킬라로 만들지 않았다네요. 자, 여기요."

교감은 화분을 손에 들었다. 볼품없는 잎 속에 오도카니, 붉은 꽃이 딱 한 송이 달려 있다.

"용설란은 평생에 단 한 번밖에 꽃을 피우지 않는다고 합니다."

도오루가 말했다.

곤도 교감은 가만히 데킬라를, 꽃을, 편지를 바라보았다.

— 교장 선생님이 되지 않아 주셔서…… 고마워요.

글자가 부옇게 흐려져 어쩌면 좋을지 알 수 없었다.

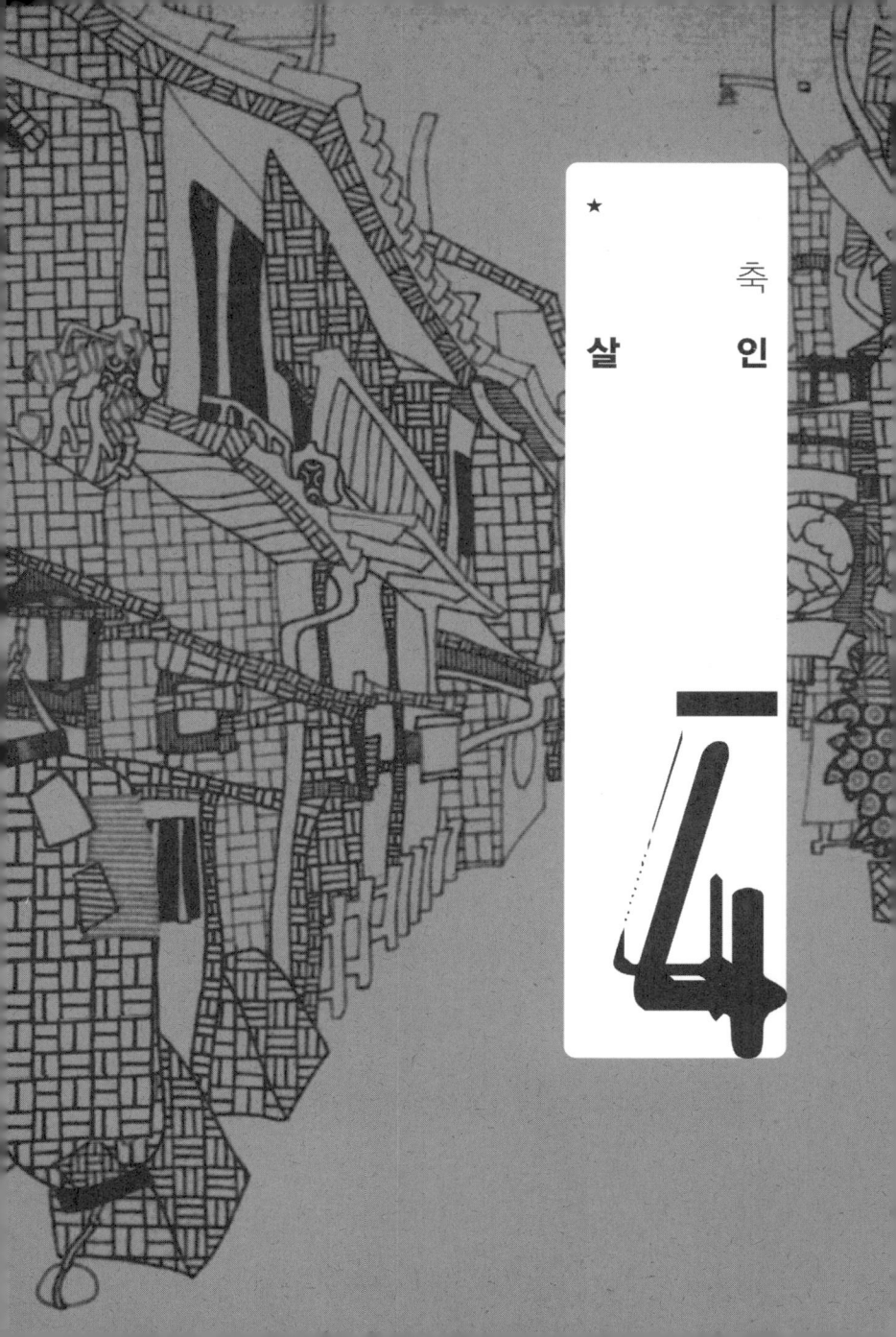

'통신의 비밀은, 침해되어서는 안 된다' ─ 일본국 헌법 제21조

1

"저……."

화려하게 차려입은 사람들로 북적거리는 홀을 재빠르게 가로질러 가던 히코네 가즈오는 등 뒤에서 들려온 조심스러운 목소리에 뒤를 돌아보았다.

"아, 고맙습니다. 오늘은 신세 많았습니다."

목소리의 주인이 누구인지 안 순간 그는 웃는 얼굴로 말했다. 상대가 오늘 피로연의 전자 키보드 연주자였기 때문이다.

"덕분에 멋진 피로연이 되었습니다."

히코네의 말에 상대는 조심스럽게 생긋 웃었다.

"고맙습니다. 신부님이 무척 아름다우셔서 저도 한층 보람이 있었습니다."

그러는 본인도 꽤나 괜찮다고 히코네는 마음속으로 중얼거렸다.

일이 바빠 오늘 이날까지 여동생과는 거의 얼굴을 마주할 기회가 없었지만, 며칠 전에 전화가 왔을 때,

"키보드를 쳐 주는 예식장 사람이 좀 미인이거든. 오빠 취향에 대변화가 일어나지 않았다면, 그 아가씨는 오빠 타입일 거야" 같은 소리를 했다.

그때는 "바보" 하고 웃고 말았지만, 과연 여동생의 감이란 무시

할 수 없다. 갸름한 얼굴에 피부가 하얘서 어딘지 모르게 덧없는 분위기가 호감이 간다.

"저기……."

그녀는 다시 웅얼거렸다. 왠지 굉장히 말을 꺼내기 어려워하는 모습이다.

"왜 그러시죠?"

"예, 실은……."

히코네는 목소리를 낮췄다.

"오늘 피로연에서 안 좋은 일이라도 있었습니까?"

그녀는 서둘러 고개를 저었다.

"아뇨, 그렇지 않아요. 양가와는 아무런 관계도 없는 일입니다만……."

말을 끊더니 하얗고 예쁜 손을 입가에 대고 목소리를 죽인다.

"신부님 오빠분이시죠."

"예, 그렇습니다."

"경찰 관계의 일을 하신다고 들었는데요."

히코네는 끄덕였다. 피로연에서는 사회자가 "경시청 조난 경찰서 수사과에 근무하는 신진기예의 형사"라고 소개하는 바람에 참으로 낯이 간지러웠다. 말은 하기 나름이라 '신진기예'란 즉, '따끈따끈한 신출내기'다.

"그렇습니다. 뭔가 곤란한 일이라도 있으십니까?"

조금 답답해져서 거들어 보았다. 그녀는 그래도 아직 망설이는 듯하다.

"예. 다만 저와 직접 관계가 있는 일은 아닙니다. 하지만 아무래도 신경이 쓰여 견딜 수 없고, 게다가 우연히 경찰분이 계셨다는 것도 무언가가 이끌어 준 기분이 들어서……. 잠시 시간을 내 주실 수 없을까요?"

그렇게 말하며 올려다보는 성실한 눈을 보고 히코네는 '곤란하네' 하고 생각했다.

솔직히 말해 시간이 없다. 바쁘다. 신출내기라고는 해도 그는 지금, 조난 경찰서 관내에서 십 년 만에 수사본부를 설치한 사건인 '청해장 토막 살인 사건'의 수사에 관계되어 있는 입장이다. 오늘 결혼식조차 피로연 도중에 뛰어 들어와 출석했고, 이제부터 서둘러 옷을 갈아입고 다시 현장으로 복귀해야 한다.

허나, 하지만. 형사도 남자다. 상대가 자기 취향인 젊은 여성이어서야 그렇게 냉담해질 수도 없다.

아깝지 않은가.

이런 생각을 하고 있는 히코네 형사에게 미인 키보드 연주자는 이렇게 말했다.

"말씀드리고 싶은 건, 청해장의 토막 살인 사건에 관해서예요."

2

사건은 십일월 십일일에 발생했다.

피해자의 이름은 사타케 가즈노리. 도내의 전자 기기 회사인 도쿄 유니온 주식회사에 영업 사원으로 근무하는 이십구 세의 남성이다. 홀가분한 독신 아파트 생활. 게다가 당일은 일요일이어서, 관리인이 시체를 발견한 것도 "옆 방에서 자명종 시계가 계속 울리고 있다"는 민원이 들어와 마스터키를 들고 찾아갔기 때문이다.

알람은 오전 여섯시 정각에 세팅되어 있었다. 경시청의 통신 지령실이 관리인에게서 신고를 받은 시각은 오전 여섯시 이십사분이다.

불운한 관리인이 문을 열었을 때 사타케 가즈노리는 열 개로 토막 난 인체 조각이 되어 부엌 딸린 방 두 개짜리 집 안에 어수선하게 내팽개쳐져 있었다. 머리, 몸통, 왼팔, 왼쪽 손목, 오른팔, 오른쪽 손목, 왼쪽 다리, 왼쪽 발목, 오른쪽 다리, 오른쪽 발목. 희미하게 썩은 냄새와 농후한 피 냄새가 없었다면 해체된 마네킹처럼 보였을지도 모른다.

즉시 수사가 시작되었고, 얼마 지나지 않아 피해자가 현장의 방에 있는 욕실의 욕조 안에서 해체되었음이 밝혀졌다. 다만 해체에 사용했을 만한 날붙이류는 아직까지도 발견되지 않았다. 혈액도 피해자의 혈액형과 다른 것은 존재하지 않았다.

지문은, 방 내부와 가구, 악기, 집기 등에서 피해자 본인의 것과 함께 식별 불가능한 부분 지문들이 다수 검출되었다.

검시 결과에 따르면 피해자는 후두부를 강타당해 살해되었으며, 흉기는 주방의 테이블 위에 있던 유리 재떨이였다. 테이블 주위에는 재가 흩어져 있었지만 꽁초는 한 개도 남아 있지 않았다. 그 외에 실내에 있던 물건이 없어지거나 뒤지느라 흐트러진 흔적은 없었다. 현금, 신용카드 등도 손대지 않고 남아 있다.

피해자의 사망 추정 시각은 위의 내용물 검사 결과로 미루어 시체 발견 전날, 즉 십일월 십일일 오후 열시부터 십이일 자정 사이다. 현재까지 이 시간대 전후로 피해자의 집을 찾아왔을 법한 인물, 혹은 수상한 인물을 보았다는 목격자는 나타나지 않고 있다.

이건 청해장의 구조 탓이다. 청해장은 삼 층짜리 철근 콘크리트 건물로, 각층에 세 가구씩 전부 아홉 가구가 입주할 수 있고 건물 남쪽에 바깥 계단이 붙어 있다. 피해자의 집인 일층 A호실은 출입문이 바깥 계단에서 고작 두세 걸음 떨어져 있어 이목을 피해 피해자의 방으로 출입하기도 쉽다. 게다가 이곳은 최근 갑자기 비슷비슷한 아파트나 맨션이 속속 세워지기 시작한 지역이라서 주민들이 그다지 '외부인'에게 민감하지 않다.

사건 발생으로부터 이 주. 이렇다 할 단서도 없이 수사는 난항을 겪고 있었다.

3

삼십 분 후 두 사람은 식장에서 조금 떨어진 찻집에서 만났다.

"말씀드리는 게 늦었습니다만, 저는 히노 아키코라고 합니다."

그녀는 그렇게 말을 꺼내며 다시 한번 가볍게 머리를 숙였다. 식장의 전속 키보드 연주자로 일한 지 만 이 년이 되었다고 한다.

"그 사건에 대해서는 신문에서 보고 정말로 깜짝 놀랐습니다. 저는 살해당한 사타케 씨를 알고 있었으니까요."

"알고 계셨다고요?"

"사건 두 달 정도 전인 구월 십오일에, 사타케 씨가 저희 식장에서 열린 결혼 피로연에서 사회를 맡으셨거든요. 그때도 제가 키보드 연주를 담당했습니다."

오호……. 이런 우연이 있으니 세상이 좁다는 거다, 하고 히코네는 생각했다.

"피해자인 사타케 가즈노리는 분위기 메이커에 언변이 좋다는 이유로 그런 역할을 맡을 때가 많았다고 하니까요."

이는 피해자의 동료나 선배들이 입을 모아 증언하는 사실이다.

어디에나 그런 타입의 남자가 있는 법이다. 히코네에게도 모임이나 축하 행사가 있으면 끌려 나오고, 본인도 꽤 그 일을 즐기는 친구가 있다.

"예. 그때도 사전 상담을 하느라 뵈었을 때 결혼식 사회는 이걸로 열두 번째라며 웃으셨어요. 저희는 보통, 식장 측 형편에 맞추기 위해서만은 아니지만, 프로 사회자를 극력 추천하는데요, 사타케 씨는, 나는 이미 세미 프로니까 걱정하지 마세요, 라고 하셨거든요. 정말 그 말씀대로 훌륭히 사회를 보셨습니다."

"누구의 결혼식이었나요?"

히코네는 안주머니에서 경찰수첩을 꺼냈다. 아키코는 머릿속의 기억을 확인하듯이 잠시 사이를 두고 나서 천천히, 분명하게 대답했다.

"신랑은 다카하시 요시노리 님, 신부는 에리코 님. 결혼 전 성은 노무라 님입니다."

히코네가 받아 적는 모습을 지켜보고 나서 말을 잇는다.

"두 분 모두 도쿄 유니온의 사원분으로 사타케 씨와는 동기라고 하셨습니다. 그러니 참석하신 분들 중에도 사회자 사타케 씨와 아는 사이시거나 친하게 지내시는 분이 많았을 테지만, 그것을 감안하더라도 사타케 씨는 제가 지금까지 뵌 분 중에서도 1, 2위를 다투실 정도로 능숙하게 사회를 보셨습니다. 다만……,"

눈을 내리뜬다.

"끝나 갈 즈음이 되어서 조금 이상한 일이 있었거든요."

히코네는 말없이 그다음을 재촉했다. 아키코는 유리잔의 물에 가볍게 입을 댔다.

"아시리라 생각합니다만 구, 십, 십일월은 결혼식장이 무척 붐비는 시기입니다. 다카하시 씨의 결혼식날도 역시 속된 말로 '줄줄이 펜' 상태였습니다."

식을 올리는 신랑 신부가 통로며 사진 스튜디오며 로비에 잔뜩 있는 다른 커플들과 스쳐 지나게 되는 시기다. 오늘이 바로 그랬다.

"그럴 때는 식장 스태프도 한정된 인원수로 풀 회전을 하기 때문에 있어서는 안 되는 어처구니없는 일도 생기는데요. 착오가 생길 때가 있는 거지요. 다카하시 씨의 경우는 그것이, 축전이 늦어졌습니다."

"오지 않았습니까?"

"아니요, 왔습니다. 다만 상당히 시간이 걸려서, 양가 앞으로 온 축전이 사회자인 사타케 씨의 손에 건네진 것은 축사가 앞으로 딱 두 명 남았을 때였어요."

　보통 축전 피로란 축사가 모두 끝나고 신랑 신부가 양친에게 꽃다발 증정을 하기만 하면 되는, 막바지로 접어들 무렵에 이뤄진다. 축전이 좀처럼 도착하지 않아서야 사회자는 확실히 당황했을 것이 틀림없다.

"큰일이었겠군요."

"네. 하지만 그런 일도 사타케 씨는 익숙하셨다고 할까, 그다지 당황하시는 모습도 아니었습니다. 시간을 때울 수 없게 되면 내가 한 곡 부를 테니 반주 잘 부탁해요, 그런 말을 하셨을 정도로."

"우와…… 정말로 프로 뺨치는데요."

　그에 비하면 미리, 그것도 확실히 정해져 있었음에도 불구하고 오늘 내 노래는 엉망이었지. 히코네는 내심 쓴웃음을 지어 버렸다.

"아까 눈치 채셨을지 모르겠네요. 사회자석 뒤에 한 군데 칸막이로 구분된 작은 공간이 있는데요."

　히코네는 떠올려 보았다.

"그, 옷 가게 탈의실 정도 넓이의 칸막이 말입니까?"

"예. 사회자나 연주자를 위해 만든 공간이거든요. 예비 마이크, 코드, 악보나 펜 등이 놓여 있고, 자리에 앉아 계신 손님의 눈에 띄지 않는 곳에서 급하게 잠시 의논을 하고 싶을 때도 편리하니까요. 언뜻 봐도 사오십 통은 되어 보이는 축전을 받아 들고 사타케 씨는 서둘러 그곳으로 물러나셨습니다. 대충 발신인 이름만이라도 훑어보면서 피로할 것을 고르거나 순번을 정하거나 해야 하니까요."

히코네는 끄덕였다. 무슨 일에서나 순위를 중시하는 일본인은 어떤 축전을 읽고 어느 것을 읽지 않았나 하는 사소한 일에도 까다롭다.

"그때 저는 그대로 키보드 앞에 있었습니다. 축사를 하시는 분 중에는 사전에 제의가 없어도 흥이 오르시면 그 자리에서 한 곡 하겠다고 나서시는 분들이 계시니까요."

"있지요, 그런 타입. 오늘도 한 명쯤 있었고 말이죠."

히코네는 조금 전의 일을 떠올리며 웃었다. 친가 쪽 숙부다. 서툰 주제에 나서기 좋아하는 표본 같은 사람으로, 유례가 없는 음치임에도 노래를 하고 싶어 한다. 오늘도 불시에, 그것도 〈하와이안 웨딩 송〉을 부르기 시작하는 데는 질려 버렸다.

아키코도 그를 따라 살짝 미소 짓자, 덧니가 언뜻 보였다. 하지만 이내 진지한 얼굴로 돌아온다.

"그런데 그분의 축사가 슬슬 끝나갈 즈음이 되어도 사타케 씨는 나오지 않으셨어요. 이제 노래를 희망하시는 분도 안 계셨기 때문에 저도 서둘러 살짝 뒤로 내려갔습니다. 도와드릴까 생각했거든요. 칸막이 그늘 사이로 머리를 들이밀었더니……."

아키코는 눈을 들었다. 지금도 그 일을 떠올리니 납득이 가지 않는다는 듯이 가볍게 고개를 갸웃거린다.

"사타케 씨는 축전 한 통을 가만히 바라보고 계셨습니다. 그러다가 제가 있는 걸 깨닫고는 퍼뜩 놀라 전보를 숨겨 버리셨어요."

"숨겼다?"

무의식중에 히코네는 테이블로 몸을 내밀었다.

"어떤 느낌이었습니까?"

"뭔가 무척 당황하신 듯한—아무튼, 그 축전을 구깃구깃 뭉쳐서 몸 뒤쪽으로 돌리듯 숨기시면서, 무슨 일입니까? 하고 무뚝뚝하게 말씀하셨습니다. 제가 대답하기도 전에 회장에서 박수가 들려와서, 사타케 씨도 그 소리에 시간이 없다는 사실을 알게 되신 모양이에요. 다른 축전 다발을 쥐고 휙 나가셨습니다."

"그래서, 축전 피로는 탈 없이 끝났습니까?"

"예. 축전을 능숙하게 낭독하는 일이란 쉬운 듯하면서도 꽤 어려운 일이지만 사타케 씨는 무척 잘 해내셨습니다. 다만 제가 봤던 숨긴 축전만은 소개도 되지 않고, 소개는커녕 신랑 신부에게 건네지지도 않고 사라져 버렸어요."

히코네는 눈썹을 모았다.

"확실합니까?"

아키코는 망설임도 당황함도 없이 끄덕인다.

"그걸 어떻게 아셨습니까?"

"조사했으니까요."

이번에는 히코네가 진지한 얼굴이 될 차례였다. 아키코는 각오한 듯이 말을 이었다.

"주제넘은 짓이라는 건 잘 알고 있습니다. 하지만 결코 단순한 호기심 때문에 한 일은 아니에요. 사타케 씨가 살해당했다는 사실을 알게 되고 전보 건이 떠오르니, 분명히 하지 않을 수 없었던 겁니다."

"어떻게 조사하셨나요?"

"저희는 축전 배달을 받아 각각의 피로연 회장으로 전달하기 전에 수취한 건수와 받은 전보의 번호를 메모해서 기록으로 남겨 두고 있습니다. 그것을 조사하니 그날 다카하시 부부 앞으로 온 축전은 쉰여섯 통 있었습니다. 저는 식장의 사후 서비스 앙케이트라는 명목으로 다카하시 씨에게 전화를 드렸습니다. 전화를 받은 분은 부인이신 에리코 씨였는데, 몇 가지 별것 아닌 질문을 하고 거기에 섞어 '전보는 틀림없이 쉰여섯 통 받으셨습니까?' 하고 여쭸더니, '아니요, 쉰다섯 통이에요'라고 대답하셨습니다."

아키코는 거기서 일단 숨을 멈추고 히코네를 보며 말을 이었다.

"저는 '아, 죄송합니다. 쉰다섯 통이군요. 다른 기록을 잘못 읽었습니다'라고 얼버무렸어요. 물론 전부 깨끗한 상태였고 구겨진 전보는 한 통도 없었다고 합니다."

"과연……."

히코네는 코밑을 문질렀다. 생각에 잠길 때의 버릇이다.

"확실히 묘한 이야기이기는 하군요."

식어 가는 커피를 마신다.

"하지만 그게 살인 사건과 무슨 관계가 있다고 생각하십니까?"

아키코도 컵을 손에 들고, 마치 그것이 수정 구슬이고 거기에 과거나 미래를 비출 수 있기라도 하다는 듯이 가만히 들여다보고 있었다. 그러고는 거꾸로 질문을 던졌다.

"히코네 씨는 피로연에서 축전을 피로하는 일에 대해 어떻게 생각하시나요?"

"어떻게라니……. 글쎄요, 깊게 생각해 본 적은 없는데요. 어디서나 하는 일이잖아요?"

아키코는 성실하게 끄덕였다.

"그렇지요. 하지만 잘 생각해 보면 이건 꽤나 이상한 관례가 아닌가요? '신서의 비밀편지. 문서 또는 우편물 등 개인적인 통신의 비밀. 국가나 타인이 침해할 수 없는 헌법상의 기본적 자유 중 하나로, 일본의 신헌법에서는 '통신의 비밀' 조항으로 보장하고 있다'이라는 사회의 대원칙을, 누구도 아무런 의심도 품지 않고, 당당하게 깨뜨리고 있는 거예요. 신혼부부 앞으로 온 전보를 제삼자가 처음으로 개봉해서 읽어 버리잖아요."

이 말에는 히코네도 할 말이 없었다. 과연 듣고 보니 그렇다.

"그러고 보니 그렇네요. 그런 해석도 가능하겠군요."

"그렇죠? 물론 나름대로 이유는 있어요. 결혼 축전을 누가 보낼지는 대개 사전에 짐작하고 있는 법이고, 결혼하는 측에서 부탁을 해서 전보를 보내 주는 경우도 있고요."

"음……. 게다가 뭐랄까, 법률적인 면은 잘 모르겠지만, 신랑 신부는 사회를 부탁할 때 축전을 읽는 일까지 모두 포함해 의뢰하니까, 엄밀히는 타인의 편지를 멋대로 읽는 일과는 다르다고 생각합니다."

그렇게 말하고서 히코네는 지금까지와는 조금 다른 흥미를 느끼며 아키코를 바라보았다.

"하지만 묘한 관례임은 틀림없네요. 관례, 관례 하고 생각하니 신경도 쓰지 않지만."

아키코는 큰 눈동자를 크게 뜨고 가만히 히코네를 마주 바라보았다.

"그리고 그렇게 좋은 경우만 있지는 않을 거예요. 예를 들면, 신랑이나 신부 어느 쪽에 악의적인 전보가 오지 말란 법도 없으니까요."

"그런 경우가 있습니까?"

"물론 자주 있는 일은 아니에요. 저도 지금까지는 얘기로 들은 적밖에 없었습니다."

"지금까지, 라니……."

히코네는 웃는 얼굴을 만들어 보였다.

"그럼 이번 일이 그렇다는 말씀이신가요? 즉, 사타케가 숨긴 전보가 다카하시 부부 중 어느 한쪽에 보낸 악의성 전보였다고요?"

"어느 한쪽이 아니라 신랑 앞으로 온 전보예요. 만약 신부님 앞으로 온 전보고 사타케 씨와 신부님 둘이서 몰래 처리하셨다면, 제가 전화를 해서 여쭤보았을 때 신부님, 그러니까 에리코 씨는 확실하게 '쉰여섯 통'이라고 대답하셨을 테니까요."

과연, 그렇군. 히코네는 아키코에게 웃어 보였다.

"그런가요. 하지만 그렇다면 사타케의 행동도 납득이 가는데요. 제가 생각하기에 그건 아마 신랑의 옛 여자 친구나 애인으로부터 온 심술궂은 전보였을 겁니다. 그래서 남자끼리의 의리로 사타케가 그것을 숨겨 부인 눈에 띄지 않도록 몰래 처리한 거죠, 분명."

"저도 그렇게 생각했어요. 사타케 씨가 살해당하기 전까지는."

"살해당해서 사정이 바뀌었다는 겁니까?"

아키코는 조바심이 난 듯이 몸을 내밀고 자그마한 주먹으로 테이블을 가볍게 두드렸다.

"네, 그래요. 저는 사건에 대해서 가능한 한 자세히 알아보려고 했어요. 신문이나 잡지나 TV에서도 크게 다루고 있으니까요. 방송에 따르면, 경찰에서는 강도가 아니라 피해자와 가까운 인물의 범행이라고 생각하는 모양이지요?"

가깝다고 단언해 버리면 어폐가 있지만, 확실히 '면식범'일 가능성이 매우 짙다고는 생각하고 있다. 그렇기 때문에 수사원들은 피해자의 교우 관계를 조사하는 데 전력을 쏟는 중이다.

"어째서 그렇다고 생각하십니까?"

히코네는 질문했다. 얼버무리려는 생각도 있었지만, 조금 심술궂은 마음도 있기는 했다.

아키코는 손가락을 꼽으며 술술 나열했다.

"방에 침입한 흔적이나 다툰 것 같은 모습이 없다는 점. 뭔가 소리나 비명을 들은 사람이 없다는 점. 현금 등을 가져가지 않았다는 점."

"그렇습니다. 하지만 그뿐만은 아니에요."

팔짱을 끼고 등받이에 기대며 히코네는 눈을 깜빡이고 있는 아키코를 가만히 보았다. 이윽고 그녀는 고개를 저었다.

"글쎄요……, 모르겠어요."

"뭐냐면 말이죠, 담배꽁초입니다."

히코네는 테이블에 손을 얹으며 말했다. 어른스럽지 못하다고는 생각하지만, 역시 '자, 어떠냐' 하는 기분이 된다.

"재떨이와 재는 있는데 담배꽁초는 없었다. 즉, 범인은 피해자의 방에서 담배를 피운 거죠. 그래서 꽁초 때문에 혈액형이 밝혀지는 게 두려워서 주워 모아 가지고 갔습니다. 전부 가지고 간 이유는, 범인과 피해자가 피운 담배 상표가 똑같아서 어느 게 누구 건지 알 수 없었기 때문이겠죠."

아키코는 재빨리 끄덕였다. 감탄했다기보다는 네, 하지만 그것보다 더 중요한 일로 얘기를 진행합시다, 라는 듯한 모습이다.

"잘 알겠습니다. 하지만 전보 얘기로 돌아가죠. 범인은 피해자를 알고 있고, 뭔가 이러지도 저러지도 못할 동기가 있어서 살인을 저질렀을 거예요. 여기서 한번 생각해 보세요. 이건 동기가 되지 않을까요? 그 전보가, 소문이 나서는 안 되는 신랑의 과거를 폭로한 내용이고, 사타케 씨가 그것을 누구에게도 보이지 않고 자기 혼자서 쥐어 버리셨다면? 거기에서 뭐가 나오겠어요?"

히코네는 한밤중에 역에서 타일러서 데려온 소녀가 매춘 고객 리스트를 들이밀었을 때와 똑같은 기분이 들었다.

"당신은—사타케가 공갈 협박을 꾸미고 있었다고, 그렇게 생각하는 겁니까?"

아키코는 천천히 끄덕였다.

4

"잠깐—잠깐 기다려 보세요. 얘기가 꽤 비약하는 기분이 드네."

당황하는 그의 모습과 아키코의 진지한 얼굴을 번갈아보며, 옆자리의 샐러리맨인 듯싶은 두 사람이 히죽거리고 있다.

히코네는 크게 헛기침을 했다.

"당신의 추측은 전부 가정에 근거한 얘기란 말입니다."

"알고 있습니다. 알고서 하는 얘기예요. 이건 가설이니까요. 하지만 이 가설 위에서, 다카하시 부부의 결혼식이 끝나고 이 개월 후에 사타케 씨가 살해당하고 이유도 없이 토막이 나서 버려졌다는 수수께끼를 풀 수 있다면—."

"토막—."

말을 하다말고 히코네는 입을 다물었다. 아까의 샐러리맨들이 이번에는 수상쩍어하는 눈빛을 하고 있다. 아키코는 전혀 상관하지 않고 말을 이었다.

"—그렇다면 이 가설이 진실일 가능성도 생기잖아요?"

히코네는 한숨을 쉬었다.

"좋아요, 알겠습니다. 당신의 그 가설이라는 녀석을 머리부터 발끝까지 삼가 들어 보기로 하지요."

아키코를 향해 집게손가락을 흔든다.

"다만 아무리 수사 분야 쪽이 아니라 해도 저 역시 형사 나부랭이라고요. 프로입니다. 반박의 여지가 있으면 봐주지는 않겠습니다. 괜찮겠지요?"

물론이고말고요, 아키코는 끄덕였다. 히코네는 뚱한 얼굴로 손을 들어 웨이트리스에게 손짓해서 커피를 두 잔 추가하고는 아키코를 재촉했다.

"자, 말씀하세요. 어디 들어 볼까요."

"히코네 씨는 아키자키 미치요라는 여자분에 대해서 알고 계시죠?"

아키코는 말을 꺼냈다.

"물론입니다."

히코네는 의욕적으로 대답했다.

사타케 가즈노리의 방은 시체를 내보낸 후, 수사당국의 손에 의해 그야말로 일 센티미터 단위로 조사되었다. 그때 행거에 걸려 있던 피해자의 재킷 주머니에서 야마나시 현 K시에 있는 '블랑카'라는 술집 성냥이 하나 발견되었다.

만약 이것이 도내나 근교 도시에 있는 술집의 성냥이었다면 누구 하나 마음에 두지 않았을지도 모른다. 독신 남성이 술집의 성냥 한두 개 정도 가지고 있는 것은 당연하니까.

하지만 K시라고 하면 도심에서 차로, 고속도로를 이용해도 두세 시간은 걸리는 장소다. 그런 곳까지 일부러 한잔하러 나서리라고는 생각할 수 없다. 피해자에게는 K시에 친한 친구도 친척도 없었고 영업 사원인 피해자가 담당하는 구역도 아니었다.

지역 경찰에 조회한 결과 '블랑카'는 확실히 있었다. 그리고 가게에 있는 종업원 세 사람은 피해자가 찾아왔던 일도, 날짜도, 왜 찾아왔는지도 잘 기억하고 있었다.

사타케 가즈노리는 구월 십육일 밤, '블랑카'로 아키자키 미치요라는 여자를 찾아갔다. 그리고 그날은 당사자인 미치요가 죽은 지 초칠일 되던 날이었다.

아키자키 미치요의 시체는 구월 구일 새벽, 순찰하던 경찰이 그녀의 자택 근처에 있는 길에서 발견했다. 한눈에도 교살되었음을 알 수 있는 모습으로, 의복은 흐트러져 있어 격렬히 저항한 흔적이 보였다. 도난의 흔적은 없었지만 검시 결과 폭행을 당했음이 판명되었다. 시체 근처에는 급발진한 차의 타이어 자국이 축축한 붉은 흙 위에 남아 있었다.

사건 현장은 큰길에서 갈라진 비포장도로로, 이 길을 타면 '블랑카'가 있는 역 앞에서 미치요의 집이 있는 주택가 주변까지 상당히 질러갈 수 있다. 하지만 드문드문한 잡목림과 밭이나 개발 준비중인 땅으로 둘러싸인데다가 야간에는 인적도 드물어, 그 지역에서는 '치한 도로'라는 별명으로 불리고 있을 정도로 그런 류의 범죄가 빈발하는 장소이기도 하다.

실제 올해 유월 이후만 해도 네 건의 피해 신고가 들어와 있다. 피해자는 모두 젊은 여성이나 여학생으로, 개중에는 전치 한 달이라는 중상을 입은 사람도 있다. 전부 동일범의 소행으로 추정되지만 현재로선 네 건 모두 미결인 채로 남아 있다.

살인으로까지 발전한 것은 아키자키 미치요가 처음이다.

구월 구일과 십일월 십일일. 약 두 달의 사이를 두고 살해된 사타케 가즈노리와 아키자키 미치요를 잇는 것은 그다지 드물지도 않은 관계였다. 미치요는 유월부터 '블랑카'에서 근무하기 시작했지만 이전에는 반년 동안 신주쿠의 '세헤라자데'라는 술집에 있었고, 사타케는 그곳의 단골 손님이었다.

'블랑카' 종업원 중 하나는 이렇게 증언했다.

"그날 밤 사타케 씨는, 혼자서 드라이브를 나왔다가 정신을 차리고 보니 사가미하라까지 왔기에 K시에 미치요 씨가 있다는 사실을 떠올리고 발걸음을 옮겨 봤다, 사건에 대해서는 전혀 몰랐다, 라면서 굉장히 놀란 얼굴을 했습니다. 예, 정말로 입을 멍하니 벌리면서."

K시 경찰에서는 일단 며칠 후에 수사원 두 명을 파견해 사타케에게서 그동안의 사정을 듣고 뒷받침할 증거를 수집했다. 묻지마 범죄라는 결론으로 기울어져 있긴 했지만, 돌다리도 두들겨 보고 건넌다는 생각이었으리라.

아키코는 말을 이었다.

"K시 경찰은 그걸로 두 사람의 관계에 대한 수사를 중단해 버렸나요?"

"사타케 가즈노리는 미치요 살인 사건과 관계가 없다고 판단했지요. 사정 청취에서도 이상한 낌새는 없었다고 하고, 드라이브 같은 경우도, 사타케에게는 이전부터 자주 혼자서 밤늦게까지 차를 몰고 멀리 나가는 취미가 있었거든요. 게다가 정작 중요한 미치요의 추정 사망 시각은 구월 오전 한시부터 오전 세시. 그 사이 사타케는 도쿄의 친구 아파트에 묵고 있었다는 사실을 알아냈습니다. 그러니까 소위 알리바이가 있다는 말이지요."

히코네는 말을 끊고, 이제 와서 처음으로 미심쩍은 눈으로 아키코를 바라보았다.

"그보다 이런 것까지 알고 있다니, 대체 어디에서 들었습니까? 신문 기사에 그런 내용까지 나와 있던가."

아키코는 다시 생긋 웃었다. 큰일 났는걸, 하고 히코네는 생각했다. 이 얼굴로 생긋 하고 웃으면 금방 무장 해제하고 싶어져 버리니 곤란하다.

"아마도 히코네 씨는 텔레비전 낮 프로 같은 방송은 안 보실 테죠. 하지만 비번인 평일에 한번 주부 대상 와이드 쇼를 보세요. 범죄 화제가 굉장히 많으니까요."

히코네는 한숨을 쉬었다. 온 세상이 탐정 붐인 시대다.

"그래서? 요는 그 아키자키 미치요가 어쨌다는 건가요?"

"아키자키 미치요 씨가 바로 다카하시 요시노리 씨 앞으로 온 전보를 보낸 사람이라 생각하거든요. 즉, 미치요 씨와 다카하시 씨 사이에 트러블이 일어날 만한 관계가 있었다는 얘기입니다."

잠시 두 사람 모두 입을 다물었다. 히코네는 코밑을 문질렀다.

"그건 즉, 다카하시 부부의 결혼식 다음 날 사타케가 일부러 아키자키 미치요를 찾아갔기 때문이지요?"

아키코는 고개를 끄덕였다.

"꼭 그렇다고만은 할 수 없어요. 미치요라는 여성이 다카하시의 과거 여자 관계에 대해 뭔가 알고 있었기 때문일지도 모르고……. 아무튼, '세헤라자데'의 단골 손님은 사타케지 다카하시는 아니었으니까요."

아키코는 미소 지었다.

"저 말이죠, 한번 권유를 받은 적이 있거든요."

"네?"

"결혼식 일주일 정도 전이었어요. 최종 상담이 끝난 후였는데 시간이 벌써 저녁이 다 되어 있었습니다. 사타케 씨가, 지금부터 같이 마시러 가지 않겠어요? 라고 하시더군요. 그러자 옆에서 듣고 있던 다카하시 씨가, 뭐야, 또 '세헤라자데'냐? 네가 키핑해 놓은 술은 저번에 내가 갔을 때 비우고 와 버렸다고, 라고 하셨어요."

"설마 그 사람과 마시러 갔습니까?"

어떻게든 대답이 듣고 싶었던 히코네는 아키코가 웃으며 고개를 저었기 때문에 한숨 놓았다.

"가지 않았어요. 하지만 이 얘기로 다카하시 씨도 '세헤라자데'의 손님이었음은 아셨겠지요. 그런 일이 없었더라도, 친하게 지내는 남자들 사이에서 한 사람이 잘 가는 가게에 다른 한 사람이 발을 들여놓은 적도 없다는 건 좀 생각하기 어렵지 않나요."

히코네는 살짝 웃었다.

"그렇다면 사타케도 다카하시와 미치요가 그런 사이였다는 사실 정도는 벌써 알고 있지 않았겠습니까? 에리코 씨에 대해서는, 남자끼리의 암묵적 이해랄까 에티켓이랄까, 그런 걸로 잠자코 있었을 뿐이고 말이죠."

그런 쪽 일은 여성은 이해하기 어려울 테지만. 내심 그렇게 덧붙였다.

"그렇네요. 남자분들은 놀이 상대인 여성과 결혼을 생각하는 여성을 구별해서 사귀는 모양이니까요."

아키코의 말에 히코네는 세상 남성들을 대표해 머쓱한 표정을 짓지 않을 수 없었다.

"다카하시 씨와 미치요 씨 사이를 알고 있었다는 것과, 미치요 씨가 악의적인 전보를 보낼 정도로 두 사람 사이가 뒤틀렸다는 사실을 아는 것에는 큰 차이가 있어요. 결혼식 다음 날 사타케 씨가 만사를 제쳐 놓고 곧바로 K시에 있는 미치요 씨를 찾아가셨던 일도, 사타케 씨가 얼마나 놀라셨는지를 잘 나타내는 일이라 생각해요. 그리고 제가 봤던 사타케 씨의 얼굴—전보를 바라보던 그 얼굴은 이상할 정도였는걸요."

히코네는 상상해 보았다. 친구의 결혼이 결정된다……. 축하해, 그런데 그 술집 여자는 어떻게 할 거야? 아아, 그 여자라면 걱정 없어, 이미 손을 끊었으니까.

하지만 불측하게도 결혼식 당일, 그 여자로부터 터무니없는 전보가 날아 들어온다…….

"그래서 다음 날 서둘러 그 여자를 찾아가 보니 그녀는 살해당해 있었다—."

아키코는 끄덕였다.

"결혼 전의 여자 관계라면 자주 있는 일이고, 어떻게든 처리할 방법이 있겠지요. 하지만 살인이 되면 얘기가 달라요. 전혀 차원이 다른 큰 문제인걸요."

"충분히 협박거리가 될 일이지."

히코네는 손가락 끝으로 가볍게 테이블을 두드렸다.

"이건 조금 앞으로 돌아가지만요, 미치요라는 여자가 그 정도로 다카하시에게 집착했다면, 왜 한때는 선선히 '세헤라자데'를 그만두고 K시로 틀어박혔을까요?"

"미치요 씨가 귀향한 건 어머니가 병으로 쓰러졌기 때문이에요. 그녀는 모친과 단둘이 살고 있어서 달리 돌봐 줄 사람이 없었죠."

"하하…… 그 시점에서는 다카하시도 뜻밖의 행운이라고 생각했을 테죠. 뭐, 지금에 와서는 그게 정말로 다행이었는지는 의심스럽지만."

아키자키 미치요가 도쿄에 남은 채 다카하시와 에리코의 혼담이 진행되었다면, 지금처럼 곪다가 터져 버려 살인이라는 형태로 사태가 악화되기 전에 트러블이 탄로났으리라.

그렇게 생각하고 나서 히코네는, 자신이 여기까지 전면적으로 아키코의 추리를 받아들이고 있음을 깨달았다. 다시금 긴장해야겠다고 생각하며 물었다.

"다카하시의 혈액형을 아십니까?"

"A형이에요."

"어째서 당신이 그걸 알고 있나요?"

뭔가 트집을 잡고 있는 듯한 질문 순서였지만 아키코는 신경 쓰는 낌새도 없었다.

"피로연에서 신랑 신부의 상성을 점쳐 보신 손님이 계셨거든요. 혈액형이라든가, 별자리라든가, 이름의 획수라든가. 그때 다카하시 씨는 A형이라고 하셨습니다."

아키코는 히코네가 질문한 의도를 확실히 읽고 있었다.

"미치요 씨를 덮친 범인도 A형이라는 걸 알고 계시죠."

"맞습니다. 하지만 그것만으로는 확증이라고 할 수 없지요. 일본인의 절반은 A형이니까요."

"또 하나, 알리바이 문제가 있어요."

아키코가 중얼거렸다.

"알리바이?"

"K시 경찰은 미치요 씨 살해에 대한 사타케 씨의 알리바이를 인정했죠? 친구의 아파트에 묵고 계셨으니까요. 그 '친구'란 누구였을까요."

"그게 다카하시였다고요?"

"예. 이건 주간지 기자의 얘기지만, 사타케 씨는 '십오일에 결혼하는 친구의 아파트에서 둘이 밤새 술을 마셨다'라고 대답하셨대요. 그렇다면 이 '친구'는 어떻게 봐도 다카하시 씨예요. 그리고 다카하시 씨가 그 사실을 인정하셨기에 사타케 씨의 알리바이가 성립했죠."

"얘기가 그렇게 되겠군요."

아키코는 오른손바닥을 펼쳐, 휙 뒤집어 보였다.

"하지만 관점을 뒤집어 보면 어떨까요? 사타케 씨의 그 증언 덕분에 다카하시 씨의 알리바이도 성립하잖아요. 즉 사건 당일 밤, 다카하시 씨가 정말로 자신의 아파트에 계셨는지 아닌지는, 이 두 사람 외의 누구도 알 수 없는 일이 아니겠어요?"

히코네는 침울하게 수첩으로 시선을 떨어뜨렸다.

"K시 경찰이 사타케에게 사정 청취를 한 날은 십칠일이었지요."

"예, 다카하시 씨 부부는 신혼여행중이셨습니다. 하지만 3박 4일의 이즈 여행이었으니 전화를 걸어 미리 의논하기란 쉬운 일이에요."

"잠깐 정리해 보죠."

펜을 들어 날짜를 하나하나 짚어 본다.

"아키자키 미치요가 살해당한 날이 구월 구일 심야. 다카하시 부부의 결혼식은 그로부터 엿새 후인 십오일. 전보를 본 사타케가 K시로 찾아간 것이 십육일, 다음 날 십칠일에 수사원의 사정 청취……."

히코네는 퍼뜩 놀라 얼굴을 들었다.

"잠깐 기다려 보세요. 미치요는 구일에 살해당했단 말입니다. 그런 그녀가 어떻게 십오일 결혼식에 맞춰 전보를 칠 수 있죠?"

나름대로는 분발한 히코네였지만, 아키코는 구구단을 틀린 초등학생을 나무라는 교사 같은 얼굴로 고개를 저었다.

"축하 전보는 배달일 한 달 전부터 신청할 수 있거든요."

아, 그런가. 김이 샌 표정의 히코네에게 그래서, 하고 말을 잇는다.

"미치요 씨는 결혼을 앞둔 다카하시 씨에게, 결혼식을 엉망진창으로 만들어 주겠다, 그런 식의 말을 하지 않았을까 싶어요. 그렇게 하도록 내버려두지 않겠다는 다카하시 씨와 다투는 사이에 살해당해 버렸다……."

"그리고 이미 발신되어 버린 전보만이 남았다, 는 얘긴가."

"그래요. 한 통의 전보가 모든 열쇠를 쥔 거예요."

"그런 상황에 놓여 버린 다카하시가 협박을 견디지 못하고 입을 막으려 사타케를 죽였다—."

다카하시라면 수사본부가 그리고 있는 범인상과도 일치한다. 사타케의 방은 문의 자물쇠를 비틀어 연 흔적도 없었고, 창문은 전부 안쪽에서 단단히 잠겨 있었다. 그 점으로 미루어 범인은 피해자와 가까운 사람이고, 피해자가 문을 열고 범인을 안으로 불러들인 후에 범행이 이뤄졌다고 추측하고 있다.

크게 한번 숨을 쉬고 히코네는 말했다.

"잘 알겠습니다. 이거 내버려둘 수 없겠는걸. 당신도 함께 서까지 와 주셔야겠어요."

일어서는 그를, 이번에는 아키코가 말렸다.

"잠깐만요. 아직 남아 있거든요."

히코네는 눈을 크게 떴다.

"여기서 또요?"

"예. 사타케 씨 살해는 다카하시 씨가 혼자서 하신 일이 아닙니다. 그에게는 공범이 있었을 거예요. 그리고 또 하나, 사타케 씨가 어째서 저런 토막 시체가 되어야만 했는가 하는 이유도."

범인은 어째서 피해자를 토막 내야만 했는가? 게다가, 아마도 상당한 시간과 노력을 들여 그렇게 했음에도 불구하고, 어째서 그 토막 시체를 범행 현장에 방치하고 갔을까? 이 사건을 둘러싼 가장 불가사의한 부분이었다.

보통 살인자가 피해자의 시체를 토막 내는 이유는, 신원을 알아내기 힘들게 만들기 위함과 동시에 쉽게 처분하기 위해서다. 현장에 그대로 방치할 거라면 그런 공을 들이며 위험을 무릅쓸 필요는 없을 터다.

이 사람은 이유도 안다는 말인가? 히코네는 다시 앉아 긴장한 얼굴의 아키코를 바라보았다.

5

"저는 이 일을 하면서 재미있는 사실을 깨달았어요."

아키코는 컵 가장자리를 손가락으로 덧그리며 혼잣말하듯 말했다. 히코네가 주머니를 뒤져 담배를 꺼내는 모습을 보고는 테이블 위의 재떨이와 성냥을 살짝 밀어 건넨다.

"결혼 피로연에 나와 있으면, 생판 남인 신랑 신부의 경력이며 그때까지의 가정 환경이나 교우 관계 등을, 꼭 그 사람에 대한 전기나 기록을 처음부터 끝까지 읽은 듯 잘 알게 되거든요."

"중매인이 두 사람의 경력을 소개하니까요."

대개의 경우, 데코레이션 케이크처럼 잘 꾸며 놓긴 하지만. 히코네는 생각했다.

"그뿐만이 아니에요."

아키코는 또 슬쩍 덧니를 보였다.

"피로연에는 신랑 신부와 가로줄 관계밖에 없는 분도, 세로줄 관계밖에 없는 분도 한자리에 모이잖아요? 파고들어 보자면, 피로연에 나란히 앉은 사람들은 신랑 신부의 스펙트럼이라고 할 수 있지 않겠어요?"

스펙트럼. 프리즘을 통해 갈라진 빛의 열.

게다가 이 스펙트럼은 말없이 앉아 있기만 하지 않고, 이야기하고 웃고 손뼉 치고 표정을 바꾼다. 제각기 자신밖에 모르는 비밀을 품은 채.

"······확실히 그럴지도 모르겠군요. 하지만 그것과 이 사건이 무슨 관련이 있습니까?"

"우선 동기예요."

아키코는 집게손가락으로 테이블 위에 '동기'라고 써 보였다.

"사타케 씨는 어째서 협박할 생각을 하셨을까요. 다카하시 씨와는 사이좋은 친구셨어요. 그런 친구가 살인을 범했다는 사실을 알았고 증거도 잡았다. 어째서 자수를 권하거나 경찰에 신고하지 않고 상대를 공갈 협박할 생각을 했을까요? 보통 사람이, 갑자기 그렇게까지 악랄해질 수는 없을 텐데."

"인간이란 천성이 꽤나 악한 존재거든요."

히코네는 위로하듯이 말했다. 아키코가 무척이나 슬퍼 보이는 얼굴을 했기 때문이다.

경찰이나 병원, 재판소처럼 인간의 '그늘'을 다루는 직업을 갖고 있다면 지금의 아키코 같은 슬픈 생각을 몇 번이나 맛봐도 하는 수 없다. 하지만 '결혼'이라는, 인생에서 가장 화려한 순간을 위해 일하고 있는 그녀에게는 그런 생각이 어울리지 않는다.

"저는 이렇게 생각해요. 만약 에리코 씨가 극히 평범한 여성이셨다면 미치요 씨도 사타케 씨도 그렇게 되지는 않았을 텐데, 하고."

히코네는 눈썹을 치켜 올렸다.

"에리코 씨는 평범하지 않습니까?"

"에리코 씨는 도쿄 유니온에 근무하시기는 했지만 취직은 결혼할 때까지의 사회 공부를 위해서일 뿐이고, 집안은 굉장한 자산가예요. 의료 기기를 다루는 대형 회사고, 게다가 에리코 씨는 상속

녀셨습니다. 그래서 다카하시 씨로서는 그녀와 결혼하기가 참 힘들었거든요."

"남자의 신분 상승인가. 소위 '역 신데렐라'군요."

"그렇죠? 극히 평범한 샐러리맨으로서는 눈앞이 아찔해질 만한 행운이에요. 다카하시 씨가 미치요 씨를 죽여서라도 에리코 씨와의 결혼을 지키려 한 일도, 그의 약점을 쥔 사타케 씨가 비열한 협박을 꾀한 일도 뿌리는 거기에 있으리라 생각해요."

아키코는 한숨을 쉬었다.

"사타케 씨는, 다카하시 씨의 결혼식 사회를 맡으면서 그가 움켜쥔 행운이 얼마나 큰지, 앞날이 얼마나 창창하게 펼쳐져 있는지 새삼스럽게 통감하고 계셨을 테지요? 대신할 수 있다면 나라고 못할까, 하고 생각하셨다 해도 어떤 의미로는 당연한지도 몰라요."

"질투, 선망, 미움. 모두 극히 가까이 있는 인간 사이에서 생기는 감정이니까요. 처음부터 멀찍이 떨어진 사람들 사이라면 새삼 뭐가 어떻다 할 것도 없죠."

히코네는 묘하게 철학적인 기분이 되었다.

"동기는 충분하지 않습니까. 그래서, 다카하시에게 공범이 있다고 생각하시는 근거는?"

"지금 말한 그런 동기라면 사타케 씨가 다카하시 씨만을 협박하셨을 리가 없으니까요."

"왜냐면……."

히코네는 얼굴을 찌푸렸다.

"아아, 그러니까 다카하시의 부모인가. 그렇지요?"

아키코는 고개를 옆으로 흔든다. 점점 더 슬퍼 보이는 얼굴이다.

"사타케 씨는 머리가 좋은 분이셨어요. 협박 같은 위험한 다리를 건넜잖아요. 가장 얻어낼 것이 많은 부분을 노리셨겠죠. 다카하시 씨를 협박해 봤자 얼마나 뜯어낼 수 있겠어요? 똑같은 젊은 샐러리맨이 가지고 있을 돈 따위 뻔하고, 아무리 자산가의 사위가 되었다 해도 곧바로 거금을 자유롭게 쓸 수 있지는 않잖아요."

"하지만 달리 누가 있으려나."

"신부의 아버님."

이 한 마디는 폭탄만큼의 효과가 있었다. 히코네는 큰 소리를 냈다.

"말도 안 됩니다! 그래서야 지금까지의 노력이 허사죠. 신부의 부친이 그런 일을 알았다면, 설령 결혼식 뒤라고 해도, 단연코 헤어지게 할 게 뻔하니까."

"아니요."

"아니, 이것만은 양보할 수 없어요. 저도 오늘 여동생을 막 시집 보냈단 말입니다. 설령 여동생이라도, 만에 하나 상대 남자가 그런 녀석이라는 사실을 알았다면 억지로라도 헤어지게 해서 집으로 다시 끌고 올 겁니다. 하물며 딸이었다면 당연한 일이죠."

"여동생의 배 속에 이미 아기가 있어도?"

아키코는 시험하듯이 고개를 갸웃거렸다.

"그래도 그렇게 하실 건가요?"

히코네는 오늘 몇 번째인지 모르게 할 말을 잃었다.

"물론 히코네 씨의 여동생분은 그렇지 않으셨죠. 놀라시게 해서 죄송합니다. 하지만 다카하시 에리코 씨는 그러셨습니다. 요즘은 드문 일도 아니지만 사 개월째에 접어든 참이었어요. 그래서 신혼여행도 이즈였어요. 장기 여행은 무리겠지요."

한참 후에 간신히 히코네는 말했다.

"물론 당신은 그것도 알고 계셨고요."

"네. 피로연 자리에서 다른 사람도 아닌 사회자인 사타케 씨가, '축하할 일이 두 곱입니다' 하면서 발표하셨는걸요."

아키코의 눈은 여전히 그늘져 있다.

"신부의 아버님께서는 따님을 무척 귀여워하셨습니다. 신부 측의 내빈이 입을 모아 말씀하셨는걸요. 에리코 씨 밑으로 또 한 명, 역시 무척 예쁜 따님이 계시는데요. 딸들은 나의 보물이라고 늘 말씀하셨다고 해요. 사실을 폭로하면 그렇게나 사랑하는 따님에게 이 이상 없을 정도로 잔혹한 짓을 하게 되지요."

아키코는 한숨을 쉬었다.

"하지만 생각해 보세요. 다카하시 씨가 한 일이 드러나면, 설령 두 사람을 이혼시켜도 태어날 아기는 평생 살인자의 아이로 살아가야만 해요. 에리코 씨에게도 그 사실은 평생 붙어 다닐 테지요. 그것만은 어떤 희생을 치루더라도 피하고 싶지 않겠어요? 태어날 아이는 죄가 없는걸요."

히코네는 쓴웃음을 띠었다.

"당신과 얘기하고 있으니 내가 얼간이가 된 기분이 드는군요. 아니, 정말로 얼간이인지도 모르겠는걸."

"제가 그렇게 머리가 좋은 건 아니에요. 다만 어쩌다 저 피로연에 자리를 하고 있다 보니 알게 된 것뿐이지요."

"스펙트럼, 이라……."

침울해져 있는 아키코에게 다시 힘을 내게 하기 위해 다음 얘기를 재촉했다.

"거기까지는 알겠어요. 그럼 다른 쪽은? 왜 시체를 그런 식으로 토막 내야만 했는가. 이건 저 사건에서 가장 이상한 점이란 말이죠."

아키코는 기세 좋게 끄덕였다.

"그래요, 어째서 그런 짓을 했을까요. 하나 생각할 수 있는 점은, 토막 낸 것까지는 좋았지만 그것을 전부 처분할 만한 시간이 없었다."

"일단, 그건 있을 수 없어요."

히코네는 담배를 비벼 껐다.

"추정 사망 시각으로부터 시체 발견까지 일곱 시간 이상 충분히 있었습니다. 한밤중이었으니까 불시에 방해를 받을 걱정도 없었고요. 아무리 수고가 든다 해도 그만큼 시간이 있었다면 어떻게든 했겠지요. 만약 뭔가 사정이 있어 아무리 해도 시간이 없었다면, 우선 시체를 통째로 다른 곳으로 옮기고 나중에 천천히 처분할 수도 있었을 테고요."

"그렇지요. 그러니 생각할 수 있는 건 단 하나."

아키코는 눈을 가늘게 떴다. 마치 그렇게 하면 범행 현장이 눈앞에 떠오르기라도 한다는 듯이.

"그들은 사타케 씨 몸의, 어떤 부분이 필요했다고 생각해요. 다만 거기만 잘라 내서는 금방 그걸 들켜 버릴 테니, 필요 없는 다른 부분도 토막을 낸 거예요."

히코네는 위 근처를 어루만졌다.

"뭔가 스플래터 영화 같네요. 대체 신체의 어느 부분이 필요했다는 말입니까?"

그 질문에는 대답하지 않고 아키코는 말을 이었다.

"문제의 전보는 어디에서도 발견되지 않았죠?"

"물론이죠. 그들은 그걸 되찾기 위해서 사타케를 죽였으니까."

"되찾기 전에는 어디에 있었을 거라 생각하세요?"

히코네가 궁리하는 사이에 아키코는 질문을 또 하나 던졌다.

"히코네 씨는 도쿄 유니온이 어떤 회사인지 아시나요?"

"도쿄 증권2부 상장의 중견 전기 메이커."

"무엇을 만들고 있는지는요?"

"전산기 부품이라든가—반도체에도 손을 내밀고 있다고 들었고……. 그게 왜요?"

"피로연에서 신랑 측의 내빈으로 출석했던 도쿄 유니온 영업 부장님이 '당사의 미래는 AFIS와 그 판매 팀의 활약에 걸려 있다'라고 말씀하셨어요. 사타케 씨도 다카하시 씨도 판매 팀의 멤버셨다고 해요."

"그 AFIS라는 건?"

아키코는 손을 뻗어 히코네의 경찰수첩 가장자리에 글씨를 적었다.

Automatic Fingerprint Identification System.

"자, 이거예요. '자동 지문 식별 장치'를 말하죠. 도쿄 유니온은 이것을 도입한 실용적인 전자 록을 개발해서 상품화에 성공했거든요."

"그건 결국—,"

히코네는 엄지손가락을 세워 보였다.

"제 경우라면 제 지문만이, 즉 특정 개인의 지문만이 열쇠가 되는 자물쇠 말입니까?"

"그래요!"

아키코는 몇 번이나 끄덕였다.

"게다가 도쿄 유니온에서는 선전 효과를 높이기 위해 자사 빌딩 전체에 이 전자 록을 사용하고 있다더군요. 출입구도, 금고도, 캐비닛도!"

히코네는 멍하니 입을 벌리고 아키코의 얼굴을 바라보았다.

"저는 근무 시간 사이에 짬을 내 도쿄 유니온 빌딩까지 가 보고, 전시실을 어슬렁거리며 여러 가지를 물어봤어요. 담당 영업 사원이 친절하게 가르쳐 주더군요. 그 사람이 말하기로는 이 전자 록의 획기적인 점은 두 가지가 있다고 해요. 하나는, 하나의 전자 잠금 장치에 백 명까지 '다중 등록'이 가능하다는 것. 예를 들면, 자사 빌딩의 출입구에는 본사에서 근무하는 사원 아흔다섯 명 전원의 지문이 등록되어 있대요."

"그렇다는 건 사원이라면 언제든지 출입이 자유롭다는……."

"네. 등록되어 있지 않은 사람은 절대 들어갈 수 없습니다. 그래서 수위도 한 명밖에 두지 않을 정도예요. 이렇게 해서, 회사 안의 어떤 자물쇠도 예외로 단 한 곳을 제외하고는 최소 두 사람씩 지문을 등록해 놓았다고 합니다. 한 사람만 해 놓으면, 만에 하나 그 사람에게 무슨 일이 있을 경우에 곤란하잖아요? 그리고 그 '예외인 단 한 곳'—즉, 하나의 열쇠에 한 사람의 지문밖에 등록하지 않은 곳은—."

크게 숨을 토하고 나서, 히코네는 대답했다.

"종업원용의 개인 로커."

"정답이에요."

아키코가 엄숙하게 말했다.

"만약 로커 사용자에게 무슨 일이 생겨서 다른 사람이 열어야만 할 경우는, 그 사원의 상사가 입회한 가운데 전문 기술자의 손으로 로커의 그 부분만 전류를 바이패스 시켜 록을 끊고 연다고 합니다. 그 정도로 엄중해서, 결국 그것도 판매 포인트죠. 프라이버시 보호가 완벽하다는 뜻이니까요."

또 하나 획기적인 부분은, 하고 말을 이으며 아키코는 유리잔을 손에 들었다.

"전자 록에 내장되어 있는 센서가 지극히 섬세해서, 단순히 지문만이 아니라 인간의 손끝에는 당연히 있는 피부의 탄성과 어떤 범위 내의 체온을 함께 탐지할 수 있다고 해요. 그러니 가령 이 유리잔 같은 무기물에 지문을 떠서 센서에 가까이 대 봤자, 설령 올바른 지문이라 해도 록을 해제하지는 못한다는 얘기죠."

"문제의 전보는 사타케의 로커 안에 있었다."

히코네는 중얼거렸다.

"그리고 그것을 꺼내기 위해서는 어떻게든 사타케의 손이 필요했다."

아키코는 유리잔을 내려놓고 무릎 위에 손을 모았다.

"사타케 씨에게 이야기를 듣고 그의 요구를 들었을 때, 에리코 씨의 아버님은 먼저 사위인 다카하시 씨를 추궁하셨을 테지요. 그리고 모든 것이 착오도 날조도 아님을 알게 되셨을 거예요……."

"사타케로서는 그들을 협박할 증거인 전보가 어디에 숨겨져 있는지 이야기해 버려도 전혀 상관없었겠죠. 오히려 얘기하는 편이 효과적이라고 생각했는지도 모르겠네요. 회사의 로커에 들어가 있는 한 절대로 손댈 수 없다. 자기 눈에 흙이 들어가기 전까지는. 자신 이외의 인간은 열 수 없다─그 사실을 다카하시는 잘 알고 있었다."

히코네는 눈을 들어 엄숙한 표정의 아키코와 시선을 마주했다.

"거기서, 궁지에 몰린 다카하시 일행은 대담한 조치를 취했다."

아키코는 후우 하고 숨을 토했다.

"이게 전부입니다. 나머지는 경찰이 아니면 할 수 없는 일이니까요."

"경찰이 할 일 따위 아무것도 남아 있지 않은 기분도 드는데요."

"당치도 않아요! 애초에, 이것은 가설이라는 전제를 잊지 말아 주세요. 틀림없을 거라 생각은 하지만 가설은 가설입니다. 확인하는 일은 경찰만이 할 수 있어요."

"그건 분명 그렇죠. K시의 전화국을 조사해 발신 기록을 살펴보겠습니다."

히코네는 서둘러 일어섰다.

"운이 좋으면 다카하시의 구두 밑창이나 차의 바퀴에서, 아키자키 미치요가 살해당한 현장의 흙을 채취할 수 있을지도 모릅니다. 바퀴 자국 조회도 할 수 있다고요."

전화를 걸고 돌아온 히코네가 아키코를 재촉해서 서둘러 가게를 나왔다.

"우선 우리 수사 주임에게 이 가설을 들려줘야겠군."

달리는 택시를 향해 조급하게 손을 흔든다.

"다만 한 가지 신경 쓰이는 점이 있는데 말이죠. 에리코 씨의 부친은 몇 살 정도였죠? 체격은? 사타케는 스포츠맨 타입의 꽤 탄탄한 체격이었습니다. 토막 내는 일은 큰일이었을 텐데요. 아니면 다카하시도 그것을 도왔을까……."

"아니요. 해체 작업을 하신 분은 에리코 씨의 아버님 혼자셨을 거예요. 그 사이에 다카하시 씨가 사타케 씨의 손을 가지고 전보를 가지러 가셨겠죠. 그러고 나서 손목을 원래의 장소에 돌려놓은 다음 두 분이서 아파트를 떠나셨을 테고요……."

"뭐, 다카하시라면 두고 간 물건이 있다고라도 말하면 수위가 수상쩍게 여길 일도 없을 테니까요. 그 부분도 확인할 수 있겠군."

"게다가 토막을 내는 솜씨는 에리코 씨의 아버님 쪽이 나을 테니까요."

"어째서 그렇게 생각하십니까?"

아키코는 마음이 내키지 않는 것 같았다.

"신부님 측 참석자 중에, 신부님 아버님의 소꿉친구라는 분이 계셨는데요."
　두 사람은 간신히 잡은 택시에 올라탔다.
　"그분의 축사가 길어서 무척 지쳤죠……. 그중에서, '나와 신부의 아버님은 전쟁중에도 같은 부대에서 사선을 넘어선 동지였습니다. 특히 남방 야전 병원에서는 약도 의료 기기도 없이—'라는 부분이 있었거든요. 전쟁 후에 의료 기기 회사를 세운 것도 거기서 맛본 비참한 체험이 바탕이 되었다고 하셨어요."
　"그게 어쨌다고요?"
　"당시의 일본군은 약뿐만 아니라 의사도 부족했다고 하지요. 에리코 씨의 아버님은 위생병으로 계시면서……,"
　아키코는 몸을 떨었다.
　"꽤 많은 병사분들을 구해 주셨대요. 큰 상처가 난 팔다리를 절단해서요……."

6

　사흘 후, 청해장 토막 살인 사건은 일사천리로 해결되었다. 다카하시 요시노리와 그 아내의 부친, 노무라 미쓰오가 체포되어 자백한 것이다. 살인의 동기와 사실 관계는 히노 아키코가 히코네 형사에게 말한 추리와 거의 일치했다.
　"미치요는 무슨 일이 있어도 나와 헤어질 수 없다고 버텼어요."
　다카하시는 다소 마른 듯하지만 피부가 거무스름하고 기민해 보이는 호남이었다.

"처음부터 진지하지 않은 관계였고 녀석도 깨끗하게 받아들이고 사귀었을 텐데, 나와 에리코의 결혼식을 눈앞에 두고 얘기가 다르다는 둥 그런 말을 꺼내서……. 흥분하더니, 결혼식을 엉망진창으로 만들어 주겠다, 모두에게 소문내겠다지 뭡니까. 결국 설득하지 못해서……. 처음부터 죽일 생각은 없었습니다."

구월 팔일 밤, 차를 몰고 K시로 가 '블랑카'에서 돌아오던 그녀를 데리고 남의 눈을 피해 차 안에서 이야기하려 했다. 그러다가 말다툼으로 번졌고 울컥해서 다투는 사이에 미치요가 창에 머리를 부딪혀 정신을 잃었다. 그때 요즘 자주 나타난다는 치한의 짓으로 보이도록 죽여 버리자는 데까지 생각이 미쳤다.

"신혼 여행지에서 사타케에게 전화가 와서 전보에 대한 얘기를 들었을 때는 눈앞이 캄캄해졌습니다. 하지만 사타케는, 걱정하지 마라, 해가 되게 하지는 않겠다, K시 경찰은 다른 사건과 똑같이 변태가 한 짓이라고 보고 있고, 팔일 밤부터 구일 아침에 걸쳐 내가 너와 함께 있었다고 해 두면 괜찮다, 라고 했습니다. 그래서 녀석이 장인어른을 협박했다는 사실은 꿈에도 몰랐단 말입니다."

노무라는 취조하는 내내 침착한 태도로 담담히 자백했다. 하지만 단 한 번, 상대하던 형사조차 몸을 떨 정도의 눈빛을 보인 적이 있었다. 형사가, 사타케는 입을 다무는 대가로 무엇을 요구했나, 하고 물었을 때였다.

"에리코의 여동생과,"

악문 이 사이로, 으르렁거리듯이 말했다.

"내 둘째 딸과 결혼시켜 달라고 요구했소. 나는 돈이라면 얼마든지 줄 생각이었소. 그걸로 에리코가 상처받지 않고 끝날 수 있다면 무엇이든 아까울 것 따위 없지. 하지만 그것만은—둘째 딸을 담보로 삼는 짓은 결코 용서할 수 없어."

그뿐만이 아니다. 노무라는 조사가 종반에 접어들자 이렇게 말했다.

"나는 요시노리도 그대로 내버려둘 생각은 없었소. 적당히 시간이 지나 소동이 잦아들면 저놈도 죽일 생각이었지. 에리코도 잠시 동안은 슬퍼할 테지만, 그것은 시간이 해결해 줄 테니까. 나는 살인자를 감싸고 우리 집안에 둘 생각 따위 조금도 없었으니 말이오."

문제의 축전은 구월 칠일자로 K시의 중앙 전화국에서 발신되었다. 다카하시의 불성실함을 힐문하고, 한때는 그와의 사이에 생긴 아이를 중절했던 일조차 있다고 호소하는 57자의 문면이었다.

또한, 이런 전문임에도 불구하고 축전으로 발신할 수 없지도 않았고, 내용이 다른 곳으로 새어 나가지도 않았다. 이는 물론 '통신·신서의 비밀'이 일본국 헌법으로 보장되는 기본적 인권 중 하나이기 때문이다.

그로부터 한 달 후, 히노 아키코가 결혼했다.

상대는 히코네 형사—가 아니라, 그 여동생의 결혼식에서 사회를 맡았던 프리 아나운서다. 아키코가 이렇게까지 청해장 사건 해결에 마음을 기울인 것도, 결혼 퇴직을 앞두고 마음에 의문을 남겨 두고 싶지 않았기 때문이었다. 사건이 해결되고, 아키코는 히코네의 꿈속에까지 나오게 된 웃는 얼굴을 만면에 띠고 신부가 되었다.

그렇게 된 사연이라, 이후 히코네 형사는 축전을 아주 싫어하게 되었다.

"내 결혼식에 축전을 치는 녀석이 있으면, 그 녀석과는 평생 절교다" 하고 선언한 것도 물론이다.

1

화창한 봄날의 빛.

소설 첫머리에는 어울리지 않는 문장이다. 너무나 진부하고 흔해 빠진 표현이니까.

하지만 말이지, 하고 우미노 슈헤이는 생각했다. 상투어도 나쁘지 않다. 거기에는 단순한 진실이 있다. 따뜻한 공기가 뺨을 어루만지는 상쾌한 느낌이나 여기저기에 핀 꽃봉오리며 새싹이 내뿜는 신선한 냄새를 표현하기 위해 모든 사람이 일일이 머리를 짜내야만 할 필요는 없잖은가.

그리고 가끔은, 단어와 이야기를 엮으며 생계를 꾸리는 소설가 또한 그런 '모든 사람' 안에 넣어 줬으면 하는 것이다. 하물며 나 같은 신출내기의 경우는 특히 말이지.

그런 사연으로 슈헤이는 복잡한 플롯을 만들지도 않고, 기발한 살인 트릭으로 골머리를 앓지도 않고, 멋들어진 표현을 생각해 내려 노력하지도 않고, 팔을 흔들거리거나 머리를 돌리거나 하면서 인적 없는 공원을 산책하고 있었다.

오전 열한시가 조금 지났을 무렵. 멀리서 4교시 시작을 알리는 학교 종소리가 들린다. 슈헤이는 통나무를 짜 맞춰 만든 벤치에 걸터앉아 주머니를 뒤적거려 담배를 꺼냈다.

이 공원은 정확히는 '정원'이라고 불러야 한다. 원래는 어떤 대재벌이 소유한 개인 저택에 딸린 정원이었다가 전쟁이 끝나고 도쿄

'시'에 기부되어, 지금은 근처 주민을 위한 휴식의 장으로 개방되고 있다. 들어오기 위해서는 입장 요금 백 엔을 지불해야 하지만.

세 들어 사는 부엌 딸린 방 두 개짜리 아파트에서 금방 걸어 올 수 있다는 장점도 있어서, 슈헤이는 일주일에 세 번은 이 정원을 산책한다. 직업상 아무래도 운동 부족이 되기 쉽지만 아직 골프에 몰두할 만한 돈은 없고, 테니스는 생각만 해도 창피하고(옷차림이 아무래도 거북하다), 볼링은 혼자서 할 수 있는 운동이 아니다.

결국 걷는 운동이 제일이라는 얘기다.

어차피 걸을 거라면 역시 녹음이 많은 곳이 좋다. 처음 얼마간은 아파트 바로 근처에 있는 어린이 공원을 걸었지만, 날씨가 화창한 오전의 어린이 공원이란 독신남이 갈 데가 아니었다.

남편을 직장에 보낸 주부들이 더러는 유모차를 밀고 더러는 취학 전인 아이의 손을 끌고, 일개 사단은 되지 않을까 싶을 만큼 잔뜩 모여 있다. 거기에 드문드문 섞여, 맞벌이 가정이라 손자 뒷바라지를 떠맡고 있는 할아버지, 할머니들의 모습도 보인다.

그것은 그것대로 꽤나 즐겁고 훈훈한 광경이지만 그곳에서 슈헤이는 확실히 이방인이다. 무수한 눈들이 호기심 어린 시선으로 이쪽을 바라보기만 했을 때는 그래도 참을 수 있었지만, 어느 날 게이트볼T자 모양의 막대기로 공을 쳐서 경기장 안의 게이트 세 군데를 통과시킨 다음 골 폴에 맞히는 스포츠. 영국의 크로켓이 일본에서 게이트볼로 발전했다 스틱을 껴안고 타월로 얼굴을 폭 감싼 할머니가 성큼성큼 다가와서 사람 좋아 보이는 눈을 한층 상냥하게 뜨며, "이봐요, 직장이 없으면 우리 공장에서 일해 보지 않겠나?" 하고 말을 걸어왔을 때는, 이건 아냐, 하고 단념했다.

그에 비하면 여기는 천국이다. 평일 낮에는 거의 통째로 빌린 듯한 기분을 맛볼 수 있다. 기분이 내키면 노래를 불러도 누구 하나 따지지도 않고, 정원 옆에 있는 햄버거 가게에서 늦은 아침을 사서 연못에 있는 뚱뚱한 잉어들에게 빵부스러기를 던져 주며 덥석덥석 먹을 수도 있다.

연못을 돌며 정원을 한 바퀴 도는 데는 삼십 분 정도 걸린다. 지금 같은 계절에도 조금 빠른 걸음으로 걸으면 땀이 밸 정도다. 얼마나 쾌적한가. 실로 저렴한 건강 관리 방법이다.

슈헤이는 담배를 끄고 쓰레기통에 꽁초를 깔끔하게 떨어뜨린 후에 일어서서 걷기 시작했다. 일그러진 H 모양을 한 연못에서 딱 한가운데 부근이다. 이 앞에는 징검돌이 몇 개인가 있는데, 그것을 건너가면 고풍스러운 구조의 돌다리가 걸쳐져 있다.

돌다리를 건너 정면에 있는 벤치에 친숙한 얼굴 하나가 보였다.

언뜻 보기에 오십 대 중반이나, 그보다 많아 봤자 한두 살 정도일 남자다. 이마가 넓고 콧날이 곧게 뻗어, 드문드문 보이는 흰머리는 오히려 멋을 더해 준다. 셔츠에 바지, 스포츠 재킷 차림이지만 이 사람은 노타이 차림도 말쑥해 보이는 보기 드문 종족에 속해 있는 듯하다.

앉아 있는 모습밖에 본 적이 없지만, 훤칠한 느낌에 꽤나 풍채가 좋은 중년 신사다. 다만 약간 수척한 느낌이 드는 것을 보면, 병석에서 일어난 지 얼마 되지 않아 자택에서 요양중인 기업 전사가 아닐까 싶다. 슈헤이는 그런 식으로 추측하고 있었다.

아무튼 이 사람은 슈헤이가 이곳으로 산책하러 올 때마다 언제나 같은 자리에 앉아 있다. 말을 걸지는 않지만 자연스레 눈이 마주치면 턱을 끄덕이며 인사할 정도는 되었다.

그래서 오늘도 마찬가지로 산책길에 깔린 자갈을 밟고 지나가며 슈헤이는 인사를 하고 그의 앞을 지나치려 했다.

"선생님."

목소리가 들렸을 때도 자신을 부르고 있다고는 생각하지 못했다.

"선생님, 우미노 선생님."

그제야 비로소 슈헤이는 돌아보았다. 남자는 벤치에서 엉덩이를 떼고 이쪽을 향해 고개를 기울이고 있다. 슈헤이는 손가락으로 자기 콧등을 가리켰다.

"저 말입니까?"

"그렇습니다. 우미노 슈헤이 선생님이시지요? 추리 소설을 쓰시는."

"으음—그건 뭐, 그렇습니다만."

슈헤이는 턱을 긁적였다.

"그렇습니다만, 그 '선생님'은 그만둬 주시지 않겠습니까. 전 그럴 주제는 못 되거든요."

나이도 이 사람의 절반 정도밖에 안 되고 말이다.

"아, 알겠습니다."

남자는 일어서서 몸 옆으로 손을 가지런히 붙이고 머리를 숙였다.

"죄송합니다. 아니, 책은 진작부터 읽고 있었습니다만 얼굴은 아무튼 작은 사진으로밖에 뵌 적이 없는지라 좀처럼 확신을 가질 수 없어서, 지금까지는 말을 걸지 못하고 있었답니다."

남자는 불쑥 고개를 기울여 슈헤이의 얼굴을 바라보았다.

"그건 그렇고 선생님은 사진발이 안 받으시는군요. 그런 얘기 자주 듣지 않으십니까?"

확실히 그런 말을 들은 적이 없지는 않다. 하지만 안면을 좀 텄을 뿐인 사람까지 걱정해 줄 정도로 심각한가, 하고 슈헤이는 흠칫했다.

"그렇게 사진이 별로인가요?"

"예, 확실히 말씀드려서 그 사진으로는 여성 팬은 생기지 않을 테지요."

그래서 안 팔리는 걸까…… 하고 생각하기 시작하니, 슈헤이의 상쾌한 아침은 어딘가로 사라지고 말았다.

"뭐어…… 얼굴은 상관없다고 생각하는데요……."

슈헤이는 우물쭈물하며 중얼거렸지만 남자는 이미 그런 소리는 귀에 들어오지 않는 모양이다. 일단 앉으시지 않겠습니까, 하고 벤치를 가리키더니 자기가 먼저 엉덩이를 내리고 무릎 위에 손을 깍지낀다.

나란히 앉은 슈헤이는 처음으로 가까이에서 본 남자의 손이 젊은 여성처럼 하얗고 예쁘면서도, 보통 젊은 여성들과는 달리 손톱을 짧고 가지런하게 다듬었음을 깨달았다.

"실은 말이지요, 선생님께 부탁드리고 싶은 일이 있습니다. 선생님이라면 분명 훌륭하게 해 주실 거라고, 저는 정말로 확신하고 있습니다."

그렇게 말을 꺼내더니 허둥거리며 머리를 긁적였다.

"아, 제 소개도 하지 않았군요. 죄송합니다. 저는 나카다 요시아키라고 합니다."

"나카다 씨—네에, 그래서요?"

"실은 말이지요,"

이건 아무래도 나카다 씨의 입버릇인 모양이다.

"저는 선생님이, 저를 죽여 주셨으면 합니다."

2

나카다 씨가 자신을 갑자기 껴안았다 해도 슈헤이는 이 정도로 놀라지는 않았으리라.

깜짝 놀라 일어서자, 그 서슬에 가슴주머니에 있던 담배가 떨어졌다. 그것을 주워 들려고 몸을 숙이자 이번에는 라이터도 떨어져 버렸다. 당황하는 슈헤이에게 나카다 씨가 손을 뻗어 두 개를 모두 주워 들어 건네주었다.

"놀라시게 해서 죄송합니다."

나카다 씨는 조용히 말했다.

담배를 받아 든 슈헤이는 잠시 생각하고는 웃음을 터뜨렸다.

"거참, 농담이시죠? 그렇죠?"

추리 소설가를 만나면 이런 종류의 짓궂은 농담을 하고 싶어 하는 사람이 꼭 있다. 당신이라면 완전 범죄 따위 아무렇지도 않은 얼굴로 해치워 버릴 테죠? 그런 소리를 하는 여자도 있다. 절대로 간파당하지 않을 금융 사기 방법을 생각해 내 달라고 옛 동료가 정색을 하고 부탁해 온 적도 있다.

하지만 나카다 씨는 아주 진지했다. 엄숙하다고 해도 좋을 정도다.

"아니요, 농담이 아닙니다. 저는 정말로 선생님이 저를 죽여 주셨으면 합니다. 그렇다기보다, 절대로 들킬 리가 없는 자살 방법을 생각해 내 주셨으면 하는 거지만요."

나카다 씨는 둥그스름한 어깨를 늘어뜨렸다.

"저는, 자살을 마음먹고 나서이긴 하지만, 경찰 수사나 법의학 감정에 대한 책을 산더미처럼 읽었습니다."

산더미처럼, 하고 어린아이마냥 손으로 크게 그림을 그린다.

"그러고는 알게 된 겁니다. 제 머리로는 경찰을 속일 수가 없습니다. 제가 스스로 계획을 세워서 죽으면 아무리 고심해서 타살로 보이게 했다 하더라도 경찰들은 간파해 버릴 테지요. 그러면 안 되거든요. 곤란합니다. 그래서 한번 과감히, 전문가의 지혜를 빌릴 수 없을까 하고요—."

이것 역시 오해다, 하고 슈헤이는 생각했다.

좋아. 나카다 씨는—이 표정으로 미루어 보건대—진지하게 하는 부탁인 모양이다. 그건 인정한다 해도, 우미노 슈헤이에게 이런 상담을 들고 와 봤자 잘못 짚었다는 얘기다.

그게 그렇잖은가. 추리 소설 속에서 벌어지는 범죄는 결국 반드시 해결된다. 즉, 그것을 꾀한 범인 측에서 보자면 실패함으로써 범죄는 완결된다.

바꿔 말하자면, 추리 소설에 적힌 범죄를 실행하면 반드시 실패하게 된다는 말이기도 하다. 슈헤이뿐 아니라 추리 소설을 쓰는 사람이란, 늘 그 범죄가 실패하도록 범인이 어딘가에서 허점을 드러내게끔 신중하게 배려하며 이야기를 만들어 가는 법이다. 그런 식으로 머리를 훈련하고 힘껏 기술을 연마하는 인종을 보고 절대로 간파당하지 않을, 실패하지 않을 범죄를 생각해 내라고 요구하는 건, 소쿠리를 만드는 장인에게 나무통을 만들라고 하는 소리나 마찬가지인 셈이다.

그런 얘기를 슈헤이는 조리 있게, 알기 쉽게 나카다 씨에게 설명했다. 남자는 납득한 모양이다. 점점 그의 어깨가 축 늘어져 가는 모습을 보면 잘 알 수 있다.

"안 되는 걸까요."

"그래요, 무리한 부탁입니다. 하물며 저는 기껏해야 신출내기라, 도저히 도움이 되지 못해요."

슈헤이는 엄하게 말하고 다시 웃음을 터뜨려 버렸다.

"애초에 만약 제가 할 수 있다 해도 말이지요. 그런 이야기를 받아들일 리가 없잖습니까."

"상당한 돈을 지불한다 해도?"

"돈으로 사람을 해치우는 청부업자는 이야기 속에서만 존재해요."

"요즘은 그렇지도 않나 보던데요."

"상대를 좀 보고 말씀하셨으면 하는군요."

침울해하는 슈헤이를 아랑곳하지 않고 나카다 씨는 혼잣말을 했다.

"그 방법이 안 된다면—야쿠자나 그런 사람한테 부탁해서 정말로 죽여 달라고 하는 것 외에는 방법이 없겠군요……."

자신이 살해당한다는 얘기를 간단하고 태연하게, 마치 이발이라도 하러 가는 양 말하는 나카다 씨를, 슈헤이는 진귀한 금붕어라도 발견한 듯이 바라보았다.

이 아저씨, 내가 거절하면 진심으로 신주쿠 근처의 폭력단 사무소로 나설 수도 있겠는걸. 그건 그것대로 볼 만할지도 모르겠지만. 이 자식, 뭐야. 예, 실은 저를 죽여 주셨으면 하는데요. 얼마면 되겠습니까? 지불은 신용카드라도 괜찮을까요?

"저기, 나카다 씨."

"네."

나카다 씨는, 야쿠자에게 부탁할까, 하지만 깡패 쪽이 싸게 먹힐지도 모르겠군, 하는 신세 편한 상념에서 깨어난 듯 눈을 깜박거렸다.

"어째서 그렇게 죽고 싶어 하십니까? 게다가 자살로 보이면 곤란하다니 어째서죠?"

나카다 씨는 다시 눈을 깜박거리며 입을 다물었다.

"당신은 지금 저를 굉장히 귀찮은 입장으로 밀어 넣었다고요. 아시겠어요? 당신이 이제부터 이런 의뢰를 두말 않고 받아들여 줄 사람을 찾아내서 순조롭게 성공했다고 합시다. 그때 저로서는 책임을 느끼지 않을 수 없지 않습니까. 안 그렇습니까? 당신이 어떤 식으로 죽든지 간에 저는 당신이 '자살하고 싶어 했다'는 사실을 알고 있으니까요. 도의상의 문제가 있습니다."

"그런가요."

"물론이지요."

나카다 씨는 휴우 하고 한숨을 쉬었다.

"알겠습니다. 이유를 말씀드리겠습니다. 얘기를 듣고 선생님의 마음이 바뀐다면 좋겠습니다만."

"무리예요."

슈헤이는 재빨리 대답하고, 심술궂게 덧붙였다. "그리고, 저는 선생님이 아닙니다."

나카다 씨는 듣지 않았다.

"저는 실은, 곤란한 병에 걸려서요."

"암입니까?"

경우가 경우인지라 슈헤이도 배려나 삼가는 마음이 없었다.

"그런 병이라면 차라리 나을지도 모릅니다."

나카다 씨는 슬픈 듯이 눈을 내리떴다.

"우미노 선생님. 돌발성미각감퇴증이라는 병을 아십니까?"

3

그다음 얘기는 정원을 나와 둘이서 올라탄 택시 안에서 듣게 되었다.

"제 직장으로 모시는 편이 제가 휘말려 있는 사태의 심각성을 이해하기가 더 편하실 것 같아서요."

나카다 씨는 풀이 죽은 표정으로 그렇게 말하고는 냉큼 손을 들어 택시를 세워 버렸다. 내친걸음이라 슈헤이도 함께하지 않을 수 없었다.

"돌발성미각감퇴증이라면, 말 그대로 맛을 느낄 수 없게 되는 병입니까?"

약간 흥미가 당기는 부분은 있다.

그런 병명은 처음 듣는다.

"그런 거라면 그나마 참을 수 있겠습니다만."

나카다 씨는 비극적으로 눈 꼬리를 추욱 늘어뜨렸다.

"처음부터 얘기하지요. 작년 말 저는 독감에 걸렸습니다. 흔히 말하는 평범한 독감입니다. 고열이 나고, 잠을 자면서 식은땀을 잔뜩 흘리고, 머리가 깨질 것처럼 아팠습니다. 단골 의사에게 가니 해열제와 항생제를 주더군요. 약을 먹고 몸을 따뜻하게 하고 일주일 얌전히 누워 있었더니 좋아졌지요."

"그거 다행이군요."

달리 할 말이 없어 슈헤이는 그렇게 말했다.

"그렇습니다. 저도 그때는 그렇게 생각했습니다. 그런데 진짜 병은 그 후에 시작되었지요."

나카다 씨는 슬픈 듯이 고개를 흔들었다.

"자아, 완전히 건강해졌다, 이제 오늘부터 직장에 나갈 수 있다,

이런 생각을 하면서 저는 세수를 하고 채비를 하고 아침 식사를 준비했습니다. 말씀드리는 게 늦었습니다만, 저는 홀아비인지라 가사 전반을 스스로 하고 있습니다. 그래서 그날 아침도 토스트를 굽고 홍차를 끓였습니다. 병을 앓은 후니 비타민을 섭취하는 편이 좋겠다는 생각에, 토마토와 오이를 조금 썰어 간단한 샐러드를 만들었습니다."

성실한 사람도 다 있군. 슈헤이는 감탄했다.

"저는 테이블에 앉아 먹기 시작했습니다. 그런데 한 입 먹은 순간, 입안에 든 음식을 전부 토해내 버렸습니다. 어째서인지 말씀드리자면요, 선생님."

완고하게 슈헤이를 '선생님'이라고 부르며 나카다 씨는 비탄에 잠겼다.

"전부 쓰레기 맛이 났기 때문입니다. 부엌의 음식물 쓰레기 맛이요. 냄새도 그랬습니다. 전 썩은 채소를 조리한 줄 알았습니다. 일주일이나 누워 있던 후였으니 있을 수 있는 일입니다. 하지만 토마토도 오이도 신선하다고는 할 수 없지만 결코 상하지는 않았습니다. 제 냉장고의 야채실은 성능이 우수하답니다."

이번에는 슈헤이도 잠자코 있으면서 다음을 재촉했다. 남의 집 냉장고를 칭찬해 줄 필요도 없고, 뒷이야기에 흥미가 끓었기 때문이다.

"온 부엌 안의 음식들이, 코가 삐뚤어질 정도로 썩은 냄새를 풍기고 있었습니다. 그러고 보니 샐러드를 만들고 있을 때부터 뭔가 이상한 냄새가 난다고는 느꼈는데요. 실제로 음식을 입에 넣으면서 그 사실이 확실해졌지요."

"틀림없이 전부 상했겠죠."

"저는 밖으로 나갔습니다."

나카다 씨는 슈헤이의 중재를 무시했다.

"집 근처에 그럭저럭 괜찮은 모닝 세트를 파는 찻집이 있습니다. 그곳으로 가서 토스트와 커피를 주문했습니다. 그런데 그것도 썩은 맛이 났습니다."

"그것도 전부 상해—있었을 리는 없겠군요."

"물론입니다. 그것으로 문제가 제 쪽에 있다는 사실은 분명해졌습니다."

나카다 씨는 끄덕이며 말을 이었다.

"일주일 동안 그런 상태를 참고 또 참았습니다. 그러다 간신히 저도 체념하게 된 겁니다. 그때까지는, 감기가 완전히 낫지 않아서 입 안이 쓴 거다, 단순히 그뿐이다, 하고 억지로 생각하려 했거든요. 하지만 결국 스스로를 더 이상 속일 수 없게 되었습니다."

"의사가 그렇게 진단한 겁니까? 돌발성미각감퇴증이라고."

"예, 최종적으로는요."

나카다 씨는 그 일이 떠올랐는지 진절머리가 난다는 표정이 되었다.

"거기까지 가기 위해, 저는 여기서 엑스레이를 찍고 저기서 바늘에 찔리고, 코에 관을 쑤셔 넣고, CT 스캔인지 뭔지로 머리 내부를 들여다보고, 끝내는 심신증이라 진단받고 정신과로 갔습니다. 의사들은, 제 마음속에 업무에 대한 혐오감이 무의식중에 쌓이는 바람에 이런 증상이 나타났다고 하더군요!"

여기서 나카다 씨는 잘 닦인 가죽 구두를 신은 다리를 쿵! 하고 굴렀다.

"당치도 않아요! 저는 제 일을 사랑합니다. 긍지도 있습니다. 그런데 그들은, 제가 그렇게 주장하면 주장할수록 '억압'이라나 뭐라나 하면서 제게 정신 안정제를 처방하는 겁니다."

"지독한 일을 당하셨군요."

슈헤이는 동정을 표했다.

"그나마 저는 운이 좋습니다. 정신병원에 들어가기 전에 병명을 알게 되었으니까요. 정확한 진단을 내린 의사는 제 아들과 비슷한 또래의 젊은 사람으로, 이제 괜찮다, 어떤 병인지 알았으니 치료할 수 있다고 했습니다. 돌발성미각감퇴증이란 독감이나 간염 같은 바이러스 감염증 후에 일어나는 증상으로, 미각과 후각이 심하게 망가져 버리는 병입니다. 몸 안에 어떤 종류의 금속이 결핍되면 일어난다고 하고, 보통은 아연 때문이라고 합니다만—."

나카다 씨는 시선을 돌렸다. 떠올리니 울음이 나올 것 같았던 모양이다.

"제 경우는 달랐습니다. 보통 이런 증상에 사용하는 방법은 경구 아연 요법, 그러니까 아연 정제를 먹는 것입니다만 그것으로 전 낫지 않았습니다. 즉, 저는 젊은 의사가 말한 '보통'에 들어가지 않는 환자였지요."

"그럼 치료가 불가능한가요?"

"예—지금 여기에서 이러고 있는 중에도, 저는 백만 배쯤 심하게 느껴지는 배기가스 냄새와 함께 음식물 쓰레기 맛을 느끼고 있습니다."

그렇게 말하는 나카다 씨의 얼굴을 보고, 슈헤이는 어떤 한 컷 만화를 떠올렸다. 숙취로 괴로워하는 남자가 세면기 속에 자기 위장까지 게워 버리고 추욱 늘어져 있는 만화다.

잠시 동안 아무 말도 할 수 없었다. 애초에 인간의 몸에 아연 같은 금속이 필요하다는 사실조차 몰랐다.

"그거 괴롭겠군요. 안 먹고 살 수도 없고. 어떻게 하고 계신가요?"

"차가운 우유나 아이스크림 같은 것이라면 어떻게든 입으로 넘길 수 있습니다. 그런 건 지독한 맛은 나지 않으니까요. 아무 맛도 나지 않거든요. 다른 건, 필요한 에너지를 섭취하기 위해서 결사적인 각오로 먹지요. 그밖에 링거를 맞으며 영양을 보충하고 있습니다."

나카다 씨는 와이셔츠 소매를 걷어 보여 주었다. 바늘 자국이 점점이 흩어져 있다. 주사도 의사도 거북한 슈헤이는 몸서리를 쳤다.

"담당 의사는 인간의 몸에 필요한 미량 금속을 닥치는 대로 시험해 보며 반드시 저를 치료해 내겠다고 기염을 토하고 있습니다만, 글쎄요. 의사가 치료법을 발견하는 게 빠를지, 제가 영양실조로 죽는 게 빠를지."

잠시 침묵이 흐른 후에 나카다 씨는 말을 이었다.

"숲 속에 있으면 말이죠, 녹음에 감싸여 있으면 조금 낫거든요. 편하답니다. 그래서 저는 매일 아침 일을 나가기 전 얼마 동안 저 정원에서 기력을 쌓고 있습니다. 그렇게 하지 않으면 도저히 하루의 업무를 해 낼 수가 없어요."

나카다 씨는 택시 운전수에게 길을 알려 주기 시작했다.

슈헤이는 이런저런 생각을 했다. 확실히 당신의 괴로운 기분은 이해하겠어요. 하지만 의사도 붙어 있으니, 그렇게 빨리 절망하지 말고 조금 더 힘내 보시라고요.

그러나 내가 이 사람의 입장이었다면 이런 위로나 격려 따위는 역시 통하지 않을 테지, 하는 생각을 하니 한심한 기분이 들었다. 맥도날드의 햄버거를 먹어도 복 냄비 요리를 집적대도 전부 똑같이 음식물 쓰레기 맛밖에 나지 않는다면—. 한쪽 날개만 달고 인생을 살아가는 것이나 마찬가지다.

택시가 멈추고 두 사람은 번화가에서 내렸다. 그 순간 슈헤이는 나카다 씨가 그저 죽고만 싶어 하는 데는 좀 더 깊은 이유가 있었음을, 그리고 그를 진찰한 의사들이 처음에 심신증이라고 진단했던 근거를 알게 되었다.

독일풍의 펍 같은 모양새의 커다란 레스토랑 앞이었다. '그릴 이소자키'라는 간판이 보인다. 직원 중 한 명이 발치에 양동이를 내려놓고 부지런히 창을 닦는 중이다. 나카다 씨가 다가가자 돌아보며 자세를 바로 하고 똑바로 인사한다.

"치프, 안녕하십니까!"

"여어, 좋은 아침."

위엄 있게 마주 인사한 나카다 씨가 슈헤이를 돌아보았다. 서커스단의 코끼리 같은 슬픈 눈을 하고 있다.

"저는 이곳에서 홀 매니저를 맡고 있거든요."
이런이런. 슈헤이는 손으로 눈을 가렸다.

4

"아시겠지요? 저는 이제 정말로 한계에 달해 있습니다."
오늘의 셰프 추천 런치를 다 먹어 치운 슈헤이에게 나카다 씨는 말했다.

창가에 있는 둥근 테이블로, 막 싹트기 시작한 스위트피를 꽂꽂이해 놓은 자리다. 머리 위로는 보기 좋게 그을린 두꺼운 들보가 보이고 거기에 램프가 매달려 있다. 전체적으로 손님이 긴장하지는 않으면서, 제법 멋진 고급 가게에서 식사했다는 느낌을 받을 만한 분위기가 흐른다.

게다가 런치는 무척 맛있다. 바삭하게 튀긴 돼지고기 피카타에 산뜻한 데운 채소 샐러드. 콘소메 스프는 보석처럼 맑고 투명했다.

"저는 이런 일에는 완전 무지합니다만, 홀 매니저는 굉장히 높은 자리죠?"

지금도 나카다 씨가 '자신의 중요한 손님'이라고 슈헤이를 소개해 주었기 때문에 이런 상석에 앉을 수 있는 거다. 슈헤이 혼자 왔다면 이렇게는 되지 않았을 테지.

나카다 씨는 겸연쩍어하지 않고 끄덕였다.

"예. 주방의 독재자는 셰프입니다만 이곳에서는 제가 최고의 권

한을 가지고 있습니다. 검은 옷의 두목인 셈입니다. 다만—."

목소리를 낮춘다.

"역시 오너에게는 이길 수 없습니다. 실은 그것도 고민 중 하나라서요."

"그 말씀은?"

"오너는 이곳을 더욱, 별스럽게 새침 떠는 고급 가게로 만들고 싶어 합니다. 샐러리맨이나 평범한 가족이 호주머니 사정이 조금 좋아졌을 때 가벼운 마음으로 찾아 올 수 있을 만한 가게로는 만들고 싶어 하지 않습니다. 메뉴도 전부 영어나 프랑스어로 적고, 그걸 읽을 수 없는 손님은 쫓겨날 만한 가게로 만들고 싶은 겁니다."

"저 같은 서민에게는 괴로운 얘기로군요."

슈헤이의 말에 나카다 씨는 가볍게 손뼉을 쳤다.

"그렇지요? 그런데 오너는 그것을 모릅니다. 그렇다기보다 모르는 척하고 있지요. 그것도 말이지요, 선생님."

꽉 힘을 주어 입술을 긴장시킨다.

"라이벌이 있기 때문입니다. 반년 정도 전 이 가게에서 거리 하나를 사이에 둔 곳에 오픈한 '라파예트'라는 가게인데요. 여기가 그러니까, 기분 나쁠 정도로 고급 지향이라 젊은 사람들을 중심으로 대단한 인기를 얻어서 말이지요……. 오너는 그 일로 신경이 곤두서 있습니다."

"손님을 빼앗기고 있다는 얘긴가요?"

요즘 묘한 '귀족 취미'라는 것이 유행하고 있다는 사실은 슈헤이도 알고 있다. 뭐든 비싸면 된다는 것은 아니지만 뭐, 그만큼 모두들 풍족해졌다는 뜻이리라.

"그렇게까지 되지는 않았습니다. 앞으로도 그럴 걱정은 없을 겁니다. 오너가 공연한 걱정을 하고 계실 뿐, 별로 허둥댈 필요는 없지요. 이곳을 고급 가게로? 그래서 무슨 좋은 일이 있겠습니까."

붕, 하고 주먹을 휘두른다.

"오너는 이상할 정도로 지는 걸 싫어하는 분이거든요. 신참이 젠체하는 얼굴을 하는 꼴이 참을 수 없는 겁니다. 라파예트는 미식 잡지에 실린다, 우리는 실리지 않는다. 그러면 노발대발하지요. 그렇게나 돈은 잘 모으는 분이면서, 저런 점만은 약점입니다. '라파예트가 눈알이 튀어나올 만한 고급 가게로 만들겠어!' 하고 전력을 다하고 있습니다."

나카다 씨는 단호히 고개를 젓는다.

"그래서는 안 됩니다. 저도 셰프도 반대입니다. 쌍수를 들고 반대합니다. 그래서 오너와 저희 사이에는, 중동 전쟁도 무색할 정도의 전투가 계속되고 있습니다."

잠시 나카다 씨는 슈헤이를 이곳으로 데려 온 사정을 잊어버린 모양이다. 어디에나 있는 내부 항쟁, 비극의 중간 관리직. 슈헤이는 무심결에 자신의 샐러리맨 시절을 떠올렸다. 술에 취하면 이것과 비슷한 말을 투덜거리는 상사가 있었다.

"실은 말이지요, 선생님."

나카다 씨가 숙연하게 손가락의 손톱을 바라보며 말한다.

"제게는 꿈이 있답니다. 작아도 좋으니 느낌이 좋은 책방 아저씨가 되는 꿈입니다."

"책방? 그건 또 꽤나 분야가 다르지 않습니까."

"아아. 아까도 말씀드렸다시피 저는 독서를 대단히 좋아하거든요. 취미라고 하면 그 정도입니다만, 그 대신 서적에 대해서라면 일가견이 있다고 자부하고 있답니다. 특히 요리에 관한 책이라면, 앞으로 선생님이 뭔가 자료가 필요하시게 되면 어떤 것이라도 즉시 갖춰 보여 드릴 수 있습니다."

황홀한 얼굴로 양손의 손가락 끝을 모은다. 슈헤이는 감동이라 부를 만한 기분을 느끼며 그 얼굴을 바라보았다.

인간이라는 건 근본적으로 에고이스트라서, 타인은 타인대로 제각각 저마다의 꿈을 안고 살아간다는 사실을 무심코 잊어버리는 법이다. 이곳에서 식사를 하고 간 수천, 수백 명의 손님들도 자기들 살기에 바빠, 자신들에게 서대기 소테나 소고기 필레 미뇽을 서비스해 준 이 느낌 좋은 홀 매니저가 19세기 프랑스 궁전 요리에 대해 질문을 받으면 술술 대답할 수 있고 마음속으로는 좀 더 그것을 활용해 생활할 수 있다면 좋겠다고 생각하고 있다는 일 따위 상상도 못했을 테지.

"뭐, 그건 아무래도 좋습니다. 어차피 이루지 못할 꿈이니까요."

그는 이윽고 정신을 차렸다. 그러다가 마침 그곳으로 풍겨 온, 오늘의 셰프 추천 런치의 또 다른 메뉴, 인도풍 스파이스를 더한 양고기 스튜 냄새에 약간 안색이 창백해졌다. 실제로는, 향기로운 냄새 덕분에 배가 부른 슈헤이조차 식욕이 느껴질 정도였지만.

"이제 아시겠지요? 요리 냄새에 둘러싸여, 요리를 서빙하고 손님에게 권하고 정리하는 일이 지금 제 직업입니다. 이 병을 짊어지고 계속하기에는 벅찹니다. 괴롭습니다. 인내의 한계에 달해 버렸습니다."

"그만두시면 어때요? 슬슬 나이도 있으니 은퇴하고 싶다든가."

"저는 아직 쉰다섯입니다."

나카다 씨는 조금 분하다는 듯 말했다.

"실례. 예로 들어 봤을 뿐입니다."

슈헤이는 속으로 혀를 내밀었다.

"그러면 괜찮은 구실을 생각해 보면요? 뭔가 있을 테죠. 좀 더 좋은 조건으로 스카우트 받았다든가."

나카다 씨는, 아마 무의식적일 테지만, 의자 위에서 약간 느긋하게 몸을 뒤로 젖혔다.

"사실 그런 얘기라면 있습니다. 저는 제 나름대로 성실히 근무해 왔으니까요. 덕분에 이 업계에서는 좋은 평가를 받고 있답니다. 하지만 선생님, 그런 얘기를 들어봤자 아무 일도 안 됩니다. 저는 또 다른 가게로 가서 똑같은 일을 하게 되니까요."

"실제로 그렇게 하지 않아도 됩니다. 구실이니까요. 그만둬 버리면 뭘 해도 상관없지 않습니까."

나카다 씨는 입을 삐죽였다.

"선생님은 이 업계가 얼마나 좁은지 모르십니다. 있지도 않은 얘기를 날조해 봤자 금방 들통 나 버릴 겁니다. 그렇게 했다간 여기 사람들은 제가 왜 그런 거짓말을 하면서까지 그만두고 싶어 했는지 미심쩍게 생각할 테지요."

"미심쩍게 생각하면 큰일 납니까?"

"큰일 납니다. 대단히 큰일이 납니다. 제 병이 들켜 버릴지도 모르니까요."

그거야, 그거. 거기라고, 하고 슈헤이는 몸을 내밀었다.

"나카다 씨, 저도 미심쩍은 점이 있습니다. 어째서 그렇게까지 하면서 자신의 병을 숨기려 하시죠? 전염병도 아니고, 말하자면 당신은 불합리한 괴병의 희생자라고요. 창피해할 일도, 숨길 일도 없어 보이는데 말이죠."

"아니요. 숨기지 않으면 절대로 안 됩니다. 남들에게 알려지면 아주 곤란합니다."

"어째서요?"

"제 병은 원인을 알 수 없습니다. 어떤 종류의 금속 결핍, 이라는 것까지는 알았지만, 어째서 그것이 결핍되었는지는 알 수 없습니다. 의사는 절대로 그렇지 않다고 단언하지만, 어쩌면 유전적인 요소가 있는지도 모르지요. 저 자신도 그런 의심을 하게 될 때가 있습니다. 인플루엔자에 걸렸던 사람들 전부가 저처럼 될 리는 없으니까요."

"체질적인 유전 요소가 있으면 곤란한가요?"

"제 하나뿐인 아들이 요리사거든요."

슈헤이는 다시 눈을 가렸다.

"지금 프랑스로 건너가 공부중인데요, 물론 제 병에 대해서는 전혀 모릅니다. 부모인 제가 말하기도 뭣합니다만 소질 있는 요리사입니다. 장래가 있어요. 저놈 앞날에 쓸데없는 그림자를 드리우고 싶지는 않습니다."

나카다 씨는 분개한 것처럼 콧방울을 부풀렸다.

"일본인의 나쁜 버릇이라고 생각합니다만, 뭔가 감당할 수 없는 병과 마주치면 금방 혈통이니 가계니 하며 들고 나오는 경향이 있잖습니까?"

"뭐, 있을 법한 일이네요."

"저 때문에 아들 녀석 주위에 묘한 소문이라도 생기면 저는 얼굴을 들 수 없습니다. 안 그래도 생존 경쟁이 치열한 세계니까 말이지요."

슈헤이는 약간 귀찮아지기 시작했다. 원래 맛있는 식사 뒤에는 너무 머리를 쓰는 법이 아니다.

"뭔가 문제를 일으켜 짤리면 어떻습니까? 그거라면 더 이상 다른 가게도 당신을 쓰려 하지는 않을 테고요. 달리 병과 타협할 수 있을 만한 일을 찾으면 되지 않습니까."

"안 됩니다. 선생님, 저는 벌써 쉰다섯이란 말입니다."

아까와는 꽤나 말이 다르잖아, 하고 슈헤이는 생각했다.

"대체 이제 와서 어떤 일을 시작해 제 생활비와 아들의 비싼 유학 비용을 짜낼 만한 수입을 얻을 수 있겠습니까? 홀 매니저로서는 일류지만 저는 장부 하나 쓰지 못합니다. 운전면허조차 없거든요."

"이유야 어쨌든 이곳을 그만두면 퇴직금 정도는 받을 수 있잖아요? 그걸 밑천으로 어떻게 안 되겠습니까?"

"오너는, 아는 사람은 다 아는 구두쇠입니다."

나카다 씨는 '구, 두, 쇠' 하고 발음했다.

"개인적인 이유로, 하물며 문제를 일으키고 그만두는 사람에게 퇴직금 따위를 챙겨 주겠습니까. 선생님은 아까부터 무슨 말만 하면 그만둬라 그만둬라 간단히 말씀하시지만, 일을 그만두면 전 어떻게 살아가란 말입니까?"

비탄과 절망을 전력으로 자가발전하며, 나카다 씨는 말을 이었다.

"역시 제가 죽는 것이 제일입니다. 사라지는 겁니다. 깨끗하게 흔적도 없이. 불의의 사고든 강도에게 습격당하든 뭐든 좋아요. 제가 자신의 의지로 죽었다는 사실을 들키지 않도록 완벽하게 죽는 겁니다. 그러면 누군가가 이것저것 캐고 다닐 걱정도 없습니다. 병에 관해선 의사가 비밀을 지켜 줄 테지요. 아무도 상처입지 않고 저도 음식물 쓰레기 냄새로부터 해방될 수 있습니다. 아들은 보험회사가 돌봐 줄 테지요. 다행히 저는 매우 높은 금액의 생명보험에 가입해 있으니까요."

디저트인 나무딸기 아이스크림을 먹는 동안(이것도 대단히 맛있었다) 슈헤이는 궁리했다. 그러고는 말했다.

"제가 생각해 보지요."

"좋은 방법을?"

"네. 다만 당신을 죽이기 위해서가 아닙니다. 누구도 상처입지 않고, 아무런 트러블도 없이 당신이 평온한 생활을 보낼 수 있도록 할 그런 방법을 말입니다."

나카다 씨는 눈을 크게 떴다.

"그런 게 정말로 가능할까요? 약속해 주실 수 있습니까?"

슈헤이는 빈 접시를 향해, 선서하듯이 한 손을 들었다.

"이 요리를 걸고. 굉장히 맛있었어요."

잠시 생각하고 나서 나카다 씨는 대답했다.

"맡길 수밖에 없겠네요. 이제부터 다른 사람에게 부탁해 그쪽이 저를 죽여 주면 선생님은 곧바로 경찰에 말해 버리실 테니까요."

다시 눈썹이 내려간다.

"그런데 선생님이 그런 식으로 자신만만하게 떠맡으시는 모습이 제 담당의와 똑같답니다. 그 사람, 이번 주에는 구리 정제를 시험해 보겠다고 의욕이 충만해 있어요."

5

신용을 얻지 못한 우미노 슈헤이는, 그날 오후부터 머리를 쥐어짜며 생각했다.

처음 머리에 떠오른 의심은, 나카다 씨의 이야기가 정말로 진실일까, 하는 점이었다. 저렇게 성실해 보이는 사람을 의심하자니 미안한 기분도 들지만 혹시 모르는 일이다.

아무튼 조사해 보지 않으면 안 된다.

그렇게 생각하며 문득 고개를 돌렸을 때, 옆 테이블 위에 접어서 던져 놓았던 신문의 헤드라인이 눈에 들어왔다.

― 환자로부터 감염

이라고 되어 있다. 손을 뻗어 신문을 집어 펼치자 더 커다란 헤드라인이 보인다.

— 관리 미비인가? 3명 사망

슈헤이는 차분하게 자리를 잡고 기사를 읽기 시작했다.

"저기, 나카다 씨. 그럼 이소자키의 경영 상태가 어떤지 아십니까?"

다음 날 정원의 그 장소에서, 늘 그렇듯이 소심하게 앉아 있던 나카다 씨에게 슈헤이가 그렇게 물었다.

"장사는 대단히 잘 되고 있어요."

"아니요, 그런 표면적인 일뿐만 아니라 차입금이 어느 정도인가라든가, 건물이 지어진 토지가 누구 소유고 가게는 주식회사인가, 아니면—."

"그런 일은 저도 모르겠군요."

"그럼 흥신소에 부탁해 볼까."

슈헤이는 목 뒤를 긁적였다.

"약간 비용은 들겠지만요."

"상관없습니다. 그런데 선생님, 정말로 뭔가 좋은 방법을 생각해 내신 건가요?"

"아마도요."

슈헤이는 끄덕이고, 들어올 때 매점에서 사 온 팝콘을 하나 집어 연못을 향해 던져 주었다. 잉어들은 엄청나게 몰려들었지만, 나카다 씨는 슈헤이가 던진 먹이에 잉어들처럼 기쁘게 달려들지는 않았다.

"그런 것을 조사해서 어디에 쓸지 저는 모르겠는걸요."

흥신소의 회답은 양호했다. 그릴 이소자키의 경영 상태는 대단히 좋다.

게다가 흥미로운 정보도 있었다. 그릴 이소자키의 오너는 그 밖에도 몇 개나 되는 레스토랑이며 호텔을 경영하고 있는데, 마음만 먹으면 모든 가게의 벽지에 만 엔짜리 지폐를 바를 수도 있을 정도로 첨벙첨벙 돈을 벌고 있다고 한다.

"좋은 소식이에요."

보고서 봉투를 접으며, 슈헤이가 나카다 씨에게 말했다.

"제가 알고 싶었던 내용은 말이죠, 그릴 이소자키가 충분한 자금력을 가지고 있는지였습니다. 이 보고서로 그 이상이라는 것을 알았으니까요. 이거라면 괜찮습니다. 없는 데서 긁어낼 수는 없으니까 말이죠."

눈을 꿈벅꿈벅하며 보고서를 모두 읽은 나카다 씨에게 슈헤이는 물었다.

"나카다 씨, 전에 말씀하신 서점 경영이라는 꿈이 실현될 수 있다면 어떻게 하시겠어요?"

나카다 씨는 깜박이던 눈을 멈췄다. 창문 블라인드를 올리듯이 표정이 밝아졌다.

"그렇게 된다면 굉장한 일이지요!"

"만약 그렇게 되면, 엄청 공부하셔야 합니다. 서점은 저래 보여도 상당한 중노동이고, 장부는 회계사에게 맡긴다고 해도 전혀 모른다는 말로 끝낼 수는 없으니까요."

"공부하겠습니다."

나카다 씨는 단언했다.

"하고말고요. 그런 기회를 얻을 수 있다면 전력으로 노력할 겁니다. 선생님, 저는 고작 쉰다섯이니까 말이죠."

나카다 씨의 결의가 얼마나 확고한지 확인한 후, 슈헤이는 업무용 워드프로세서 앞에 앉아 몇 장째인가의 편지를 쳤다.

사실 슈헤이는 나카다 씨에 대해서도 내밀히 조사를 부탁했다. 고백하자면 그쪽 조사에 든 비용 쪽이 더 비쌌을 정도다.

이쪽 조사 결과도 슈헤이에게는 만족―이랄까, 안심할 수 있는 내용이었다. 나카다 요시아키 씨는 본인이 진술한 그대로의 사람이며, 외아들이 요리사라는 것부터 업계에서는 유능한 홀 매니저로 알려져 있다는 것까지, 전부 사실이었다.

뒷받침할 증거를 잡지 못한 부분은 나카다 씨가 '돌발성미각감퇴증'이라는 희귀한 병에 걸렸다는 것뿐으로, 이것은 어쩔 수 없다. 의사는 입이 무겁고, 오히려 그렇지 않으면 곤란하니까. 하지만 나카다 씨가 일정한 날짜에 어떤 큰 병원을 통원하고 있다는 사실이나, 다 큰 어른이 기묘한 식습관을 가지고 있다는 것까지는 빈틈없이 확인할 수 있었다.

이걸로 슈헤이도 안심하고 사기를 칠 수 있게 되었다.

편지를 봉하고는 나카다 씨에게 전화를 걸었다.

"나카다 씨, 당신의 그 의욕 충만한 젊은 의사분을 만나고 싶은데요."

"괜찮습니다. 그런데 뭘 하실 생각이신지요?"

"그 사람의 협력이 필요하거든요."

"그래서— 선생님, 어떤 계획을 가지고 계신가요?"

"때가 되면 설명하겠습니다. 이게 잘되면 당신은 틀림없이 멋진 서점의 경영자가 되실 수 있을 테지요. 그런데 병은 어떤가요?"

"구리 정제는 효과가 없었습니다."

전화로는 보이지 않지만, 나카다 씨는 다시 눈꼬리를 내리뜨고 있음이 틀림없다.

"다음에는 납이라느니 하며 이러쿵저러쿵 하더군요. 선생님, 로마 제국은 분명 납이 원인이 되어 멸망하지 않았던가요?"

"그런 건 생각하지 않는 편이 좋겠습니다."

"저는 정말로 꿈을 이룰 수 있을까요?"

"할 수 있고말고요."

6

"못합니다!"

"어째서요? 쉬운 일이잖습니까."

"환자에 대해 그런 거짓말은 할 수 없습니다. 저는 히포크라테스 선서를 한 사람이니까요."

"사람을 살리는 일이에요. 히포크라테스는 사람을 살리면 안 된다고는 하지 않았잖아요?"

"들키면 어떻게 합니까? 의사로서 제 생명은 끝장이에요."

"안 들킨다니까요. 일을 밝은 데로 끌어내 득을 보는 사람은 한 명도 없으니까요."

"당신이 나중에 저를 협박하지 않으리라는 보증도 없지 않습니까."

"저도 일단은 인기로 먹고삽니다. 신출내기지만요. 당신을 협박할 만한 얘기는 그대로 제게도 위험한 얘기니, 그런 바보 같은 짓은 안 한다니까요."

"당신이 가짜 의사인 척하면 어떻습니까?"

"그러니까 말했잖아요? 저는 인기로 먹고산다고. 누군가 제 얼굴을 알고 있을지도 모르고, 앞으로 알게 될지도 몰라요. 그만큼 들킬 확률이 높아진단 말입니다."

"……."

"좋아요. 싫다면 협력 안 하셔도 됩니다. 그 대신 당신이 오케이하지 않으면 나카다 씨는 담당 의사를 바꿀 겁니다. 돌발성미각감퇴증이라는 병은 굉장히 희귀한 병이죠? 나카다 씨가 떠나 버리면 당신, 아마 앞으로는 그 병을 연구하고 치료할 기회는 오지 않을걸요."

"……."

"그래도 괜찮겠습니까?"

"……알겠습니다. 협력하지요. 다만 조건이 있습니다."

"조건?"

"전 소정의, 필요한 용지를 한 장, 그것도 백지로 당신에게 건네드리지요. 그리고 당신을 코치하겠습니다. 무엇을 어떤 식으로 기입하면 좋을지 가르쳐 드리겠습니다. 그러나 기입은 전부 당신이 하세요. 제 이름을 쓰는 것도 사양입니다. 의사의 이름도 적당히 만들어 주세요. 저는 법률 위반에 가담하는 일은 사양이니까요."
"고마워요. 그거면 충분합니다."

7

그로부터 일주일 후, 그릴 이소자키의 나카다 홀 매니저는 조금 창백한 얼굴로 오너에게 면담을 요구했다. 오너는 나카다 씨와 동년배다. 골프를 치느라 앞뒤가 구별 안 될 정도로 새카맣게 탔지만, 늘 이를 드러내고 싱글벙글 하고 있어 간신히 알아볼 수 있었다.

화이트와 블랙과 메탈로 통일된 오너의 집무실과 끊임없이 드러나는 새하얀 이는 어딘가 공통된 인상이 있었다. 아마 양쪽 모두 인공적이기 때문이리라.

불안과 두려움이 양복을 입고 걸어오는 듯한 나카다 씨의 모습을 보고서도 싱글벙글 웃음은 흔들림이 없었다. 그것이 흔들린 것은 나카다 씨의 이야기를 듣고 나서였다.

"협박장?"
"예, 여기에 가지고 왔습니다."
다다미 한 장 정도는 될 법한 커다란 책상 위에, 나카다 씨는 워드프로세서로 친 편지를 올려놓았다.

그제 소인으로, 보내는 사람 이름은 적혀 있지 않은 봉투에 들어 있다. 편지는 이렇게 시작되었다.

'나카다 요시아키 씨에게. 우리는 당신이 귀여워하는 룸살롱 아가씨를 알고 있다.'

오너는 폭소했다.

"확실히 자네, 부인이 죽은 지 십 년이 넘었을 테지? 룸살롱에 들어가 봤자 이제 와서 어떻게 할 것도 없지 않나, 응?"

"그다음을 읽어 보십시오."

나카다 씨는 식은땀을 훔치며 말했다.

'그 아가씨는 일전부터 몸 상태가 좋지 않다고 호소해 매우 면밀한 건강 진단을 받았다. 그 결과 명백한 B형 간염 환자임이 판명되었다.'

오너는 편지에서 눈을 들었다. 나카다 씨는 눈썹을 늘어뜨렸다.

'면밀한 조사에 의해, 그녀가 감염된 시기는 지난 가을 초순이라고 판명되었다. 또한 그녀의 기억에 의하면, 당신이 그 시기 이후로 매달 특정한 날에 수차례에 걸쳐 그녀에게 접대를 받았음이 분명하다.'

때문에! 오너는 떨리는 목소리로 편지의 다음 내용을 소리 내어 읽었다.

"당신도 자각 증상 발견 여부를 불문하고 동일 바이러스 보균자일 가능성이 극히 높다는 점을 이 자리에서 경고하는 바이다."

침묵.

"그래서 자네는 검사를 받았나?"

나카다 씨는 끄덕였다.

"결과는 어땠나?"

"―양성이었습니다."

나카다 씨는 진단서를 내밀었다. 이것이 바로, 나카다 씨에게 미량 금속의 경구 요법을 실시하고 있는 의욕 충만한 의사에게 협력을 구해 슈헤이가 날조한 문서다.

백지 진단서에, 벼락치기 교사가 된 의사의 지도를 받아 너무나도 바쁜 대형 병원의 근무의가 쓴 글씨처럼 휘갈겨 쓴 문자로(고생할 필요는 없었다. 슈헤이는 지독한 악필이다) 이러저러 여차저차하게 기입을 하고, 변두리 번화가의 파친코 가게에서 만든 의사 이름의 고무인과 한 개에 이백오십 엔짜리 막도장으로 완성한 물건이다.

"검사에 착오가 있을 가능성은 없나?"

오너는 진단서를 읽는 척하며 말했다.

애초에 일반인은 의사가 적은 진단서 내용 따위 알아 볼 도리가 없다. HB 항체가 어쨌네 알부민이 어쨌네 하는 말을 들어봤자, 거룩하긴 거룩하지만 종잡을 수가 없다는 점이 경문과 참 비슷하다.

"제 의사 얘기로는 이런 단순하고 간단한 검사에 착오가 있을 리 없다고 합니다. 시력 검사와 똑같다고 했습니다."

나카다 씨는 아무렇지도 않은 몸짓으로, 하지만 확실하게 오너의 손에서 진단서를 도로 뺏었다. 이것도 슈헤이가 단단히 미리 일러 둔 일이다.

"하지만 딱히 컨디션이 나쁘다거나 하는 것도 아니잖나?"

말하고 나서 오너는 자신 없는 표정이 되었다. 나카다 씨가 수척해 보이는 것은 사실이니까.

"네. 그렇지만 잠복 기간도 있고, 사람에 따라서는 이렇다 할 극심한 증상이 나타나지 않는 채로 만성화해서 보균자가 되는 일이 있다고 합니다."

"친절한 업소로군."

오너는 말하며 편지를 구깃구깃 뭉쳤다.

"우리 건강 검진을 받았을 때는 그 병에 걸렸단 말이 없었잖나?"

"건강 검진은 매년 사월입니다. 올해 검진은 곧 시작합니다."

오너는 혀를 찼다.

"그건 그렇게 무서운 병은 아니잖아? 제대로 치료할 수 있고, 다른 거, A형이었던가, 그거하고는 달리 사람에게 쉽게 전염되지도 않는다고 들었는데. 내가 아는 사람도 B형 간염으로 입원했는데 그 사람이 그런 말을 했었어."

"그렇습니다. 그 부분에 대해서는 조금 더 차후에 말씀드리도록 하고, 실은 편지가 한 통 더 왔습니다."

두 번째 편지는 이런 식으로 시작하고 있었다.

'우리는 처음 연락하고 나서 수일간 당신의 행동을 감시했다.'

오너는 눈을 부릅떴다.

"그리고 당신 역시 바이러스 보균자임이 확실하다는 결론을 내렸다. 그렇다면 여기서 하나, 흥미로운 사실이 등장한다. 당신이 저 업소 아가씨에 의해 B형 간염 바이러스 보균자가 되고 난 후에도 레스토랑 그릴 이소자키의 종업원으로서 식사하러 온 손님을 상대했다는 사실이다. 이것을 어떻게 해석해야 할까? 이 사실이 세간에 폭로되면—."

오너는 편지를 내동댕이쳤다.

"협박이야!"

"예."

"어떻게 하라는 거야?"

"이자들은 돈을 요구하고 있습니다."

나카다 씨는 힘없이 고개를 떨구었다.

"저 개인으로서는 그들의 요구대로 돈을 지불하고 일을 끝낼 수 있습니다. 다만 아무래도 나 몰라라 하는 얼굴로 지금까지처럼 근무를 계속할 수는 없습니다."

"그 말이 맞아. 그만두지 않으면 안 돼."

"하지만."

나카다 씨는 오열을 참는 목소리를 냈다.

"오너. 그들이 협박하는 건 저 개인만이 아닙니다. 그릴 이소자키 자체, 아니, 오너가 경영하시는 모든 음식점을 대상으로 오너에게도 협박을 해서 뜯어내려는 겁니다."

"무슨 뜻이야?"

오너의 이가 튀어나왔다.

"제가 가게를 그만두어도 제가 일찍이 그곳에 있었다는 사실은 남습니다."

"그게 어쨌다고?"

"오너가 그들의 요구에 따르지 않아 그들이 저에 대해 폭로해 버리면, 오너는 아마 무척 곤란한 입장에 놓이게 될 거라고 제 주치의가 말했습니다. 이 일이 각 점포에 미칠 영향, 당연히 악영향입니다—그 영향은 상상도 못할 정도라고요."

"하지만—하지만."

오너는 이를 드러냈다. 다만 지금은 웃느라 그런 게 아니다.

"아까도 말했던 대로 B형 간염은 그렇게 간단히 옮지 않는단 말이야!"

"그 말씀대로입니다. 의학적으로도 확실한 사실입니다. 하지만 오너."

나카다 씨는 비극적으로 목소리를 높였다.

"여기서 문제가 되는 부분은 병 그 자체보다도 그에 관한 세간의 오해, 잘못된 생각 쪽입니다. 선례로, 정부와 의학 관계자들이 그렇게나 의욕과 열의를 보였음에도, 지금도 에이즈가 전철 손잡이로 옮는다고 믿고 있는 사람들이 얼마나 많은지 생각해 보십시오. 나쁜 소문이란 그 진위보다도 그런 소문이 있었다고만 기억되잖습니까?"

오너는 신음했다.

"게다가 하필 운 나쁘게도, 지금은 매우 위험한 시기입니다."

나카다 씨는 안주머니에서 신문을 잘라낸 조각을 꺼냈다. 〈환자로부터 감염〉이라는 헤드라인을 펼쳐 보인다.

"이것을 봐 주십시오. 바로 이 주일 전의 사건입니다. 도내의 사립 병원에서, B형 간염 환자를 담당했던 의사와 간호사가 급성 간염으로 죽었다는 내용입니다."

오너는 종잇조각을 노려보고 있다.

"원인은 아무래도 주삿바늘에 있었던 듯합니다. 순직입니다. 비극입니다. 정말로 불쌍한 일입니다. 하지만 오너."

나카다 씨는 양손을 꽉 쥐었다.

"저는 이 사건에 대해서 넌지시 지인이나 이웃 사람들이 어떻게 생각하는지 물어보았습니다. 그러자 모두 일제히 'B형 간염은 무섭다'는 말밖에 하지 않았습니다. 일상생활에서 감염되기는 쉽지 않다는 사실 따위는 어딘가로 사라져 버린 겁니다. 또한 설령 B형 간염에 걸렸다 해도 어지간한 일로는 급성 간염으로 진행되지는 않는다는 사실도, 유포된 소문 속에서는 사라져 버렸습니다. 무섭다, 무섭다 하는 편견뿐입니다."

오너는 쉰 목소리를 냈다.

"여기에, 이 병원에서는 간염으로 입원한 환자의 식기는 다른 환자의 것과는 구별해서 씻고 있다고 적혀 있군."

"예, 독자란 그런 내용만은 잘 기억하는 법입니다."

나카다 씨는 한숨을 쉬었다.

"저는 시험 삼아 『가정 의학』이라는 서적을 찾아보았는데, 거기에는 세상에, B형 간염은 '경구적으로도 감염됩니다'라고 적혀 있었습니다. 이것은—."

"그만 됐어."

오너는 손을 흔들어 가로막았지만, 나카다 씨는 분발했다.

"그뿐만이 아닙니다. 생각해 보십시오. 이 일이 라파예트의 경영자들에게 알려졌다간……."

끝까지 말할 필요도 없었다. 라파예트라는 단어만으로 오너의 표정이 변했다.

나카다 씨는 입을 다물고 기다렸다.

오너는 심사숙고했다. 그러고는 이를 드러내며 말했다.

"그들에게 돈을 치르면 어떨까?"

"한이 없을 겁니다."

"분규에 드는 돈보다는 싸게 먹혀."

"그래도 저는 잠자코 근무를 계속할 수가 없습니다. 그만둘 수밖에 없습니다. 그리고 제가 그만두면, 오너, 말씀드리기 힘든 일입니다만, 지금까지 몇 번인가 권유를 해 온 다른 레스토랑의 경영자들이 저를 고용하려 할 테지요."

"그건 내가 상관할 바가 아냐. 일해 주라고. 이 편지 주인도 뜯어낼 대상이 늘어 기쁠 테지."

오너는 대단히 무책임하게 기뻐한다. 나카다 씨는 엎드려 울었다.

"저는 그럴 수 없습니다."

"그렇다면 하는 수 없지, 다른 일을 찾아야지. 나는 편지 주인에게 돈을 내며 침묵을 사겠어. 만만세다."

시원스레 말하고 의자를 돌려 등을 돌렸다. 그 둥근 머리를 향해 나카다 씨는 말했다.

"제가 갑자기 그릴 이소자키를 그만두고, 그 뒤 어딘가에서 온 권유를 뿌리친 채 이제 와서 익숙하지 않은 일을 시작한다면 업계 사람들은 수상쩍어할 테지요."

오너의 둥근 머리가 옆으로 기울어졌다.

"이유를 추궁당하면, 저는 이처럼 서툰 사람이니 언젠가 사실을 이야기해 버릴지도 모릅니다."

오너는 의자를 돌려 돌아보았다. 머릿속에서 생각할 수 있는 모든 가능성을 떠올리고 있는지, 표정이 사라졌다.

"그러니까 그—자네가 그냥 여기를 그만두면 쓸데없이 사태를 악화시킬 거라는 얘긴가?"

"그렇습니다. 과연 오너는 명민하십니다."

"얘기를 정리해 보지. 자네는 그냥은 그만둘 수 없다. 그렇다고 해서 지금 위치에 계속 있을 수도 없다. 그것은 자네의 마음이 허락하지 않는다."

나카다 씨는 말없이 미소 지음으로써 찬동의 뜻을 표했다.

오너는 넉넉히 오 초간 생각했다. 그러고서 멋진 잇몸을 드러내며 이렇게 말했다.

"자네를 지금 가게의 지배인으로 삼지."

"그래서는 현장을 떠나는 게 되지 않습니다. 지배인 또한 요리가 늘어 놓여 있는 테이블 너머로 손님을 상대하는 일이 있습니다."

오너는 다시 오 초간 생각했다.

"그럼 내가 가지고 있는 다른 호텔에서 일해 보면 어떤가? 물론 지배인급의 위치네. 세간에 부당한 격하라고 보이지 않도록 말이야."

나카다 씨는 구십 도로 절해 보였다.

"감사한 일이기는 합니다만, 그것 또한 다른 의미로 세간에 의심을 살 일이 아니겠습니까? 저는 호텔 경영에는 완전히 초짜입니다. 자영업으로 시작한다면 몰라도 다른 곳에 월급쟁이로 옮겨가서는ㅡ."

이거다. 슈헤이는 여기서 '자영업이라면 몰라도' 부분에 모든 것이 걸려 있어요, 하고 단단히 일러 두었다.

요식업계에서 일하는 사람들은 모두 크든 작든 독립에 대한 꿈을 품고 있다고 하니, 결코 부자연스러운 언급은 아니다.

나카다 씨는 그 가르침을 철저히 지켜 완벽하게 해냈다.

십 초간의 궁리 후 오너가 말했다.

"내가 퇴직금을 듬뿍 주면ㅡ,"

하얀 이가 잔뜩 튀어나왔다.

"자네는 스스로 독립해 장사를 시작할 마음이 있나?"

"있습니다."

나카다 씨는 조심스럽게, 하지만 열의를 담아 대답했다.

"매물로 나온 물건을 찾아보게."

"네?"

"멋진 물건을 찾아보게. 그리고 그 기회를 잡아 자네가 내게 간청하고 내가 그걸 허락했다, 라는 이야기는 어떨까?"

이때만은 나카다 씨도 연기라는 생각 없이 눈물을 글썽일 정도로 기뻐했다.

"꿈만 같습니다."

"오랫동안 자네가 헌신한 걸 생각하면 퇴직금을 호기롭게 내줘도 누구 하나 부자연스럽게 생각하진 않겠지. 나도 배포가 크다는 걸 보일 수 있고 말이야. 다른 종업원의 사기를 고무하는 일도 되겠지."

나카다 씨는 오호, 하고 손뼉을 쳤다.

"과연. 일석이조로군요."

그러고는 틈을 주지 않고 바로 다시 불안한 듯이 눈꼬리를 치켜 내려 보였다.

"그렇기는 합니다만 오너. 그래도 역시 제가 다른 종업원들의 상식—이라고 할까요, 사실대로 말하자면 그들이 생각하는 '시가'와 매우 동떨어진 금액의 퇴직금을 받는다면 그것 또한 의심을 살 얘기가 되지 않을까요. 스스로 사업을 시작할 밑천이 될 정도의 큰돈이라면······."

오너는 짧게 뭔가 말했다. 나카다 씨의 청각이 정확하다면 "헷!" 이라는 음성이었다.

"그건 걱정 없어. 얼마든지 방법이 있으니까 말이야."

헤어지는 순간 오너는 중얼거렸다.

"그건 그렇고 이 협박장은 잘 만들었는걸. 업소 아가씨네 기둥서방이나 할 만한 야쿠자가 썼다고는 보이지 않아."

"요즘 야쿠자는 꽤나 보통내기가 아닌 게지요."

나카다 씨는 말했다.

8

"선생님의 아이디어는 정말 멋졌습니다."

폭 한 간, 안길이 두 간 정도의 가게 안은 몹시 붐비고 있다. 속속 배달되어 오는 짐 대부분은 단단히 꾸려진 서적으로, 지금도 나카다 씨는 그중 하나를 눈을 빛내며 풀고 있는 참이다.

도쿄 근교, 오 분만 걸어가면 시원한 숲에 둘러싸인 산책로로 나갈 수 있는 신흥 주택지 한 귀퉁이에 조신한 책방이 있다.

나카다 씨가 여기로 결정했을 때, 슈헤이는 이런 곳에서 장사가 될까 하고 걱정했다. 하지만 들어 보니 연내에 하나, 내년에 또 하나씩 커다란 사립 대학이 근처로 이전해 온다고 한다.

캠퍼스에는, 실제로 읽는지 아닌지는 몰라도 어쨌든 책을 필요로 하는 학생들이 흘러넘친다. 나카다 씨도 빈틈이 없는 게 이만저만하지 않다.

슈헤이는 바지 주머니에 손을 찔러 넣고, 담배를 입에 물고서 나카다 씨가 일하는 모습을 바라보았다.

"오너는 결국 얼마를 내줬습니까?"

"퇴직금으로 천만 엔을 받았습니다."

"그뿐이에요? 정말 구두쇠네. 조금 더 협박해 줄걸."

"그리고 오너에게 개인적으로 천만 엔을 더 받았습니다."

나카다 씨는 찬장 구석에서 감춰 둔 도넛을 발견한 아이 같은 얼굴을 했다.

"제 생각에, 오너는 전례를 만들고 싶지 않았던 게 아닐까 싶더군요. 예전 동료들에게는 받은 퇴직금은 어디까지나 천만 엔이라고 말하라고 몇 번이나 다짐을 받았답니다. 그래도 그들에게 있어서는 코페르니쿠스적인 의식의 대전환이었습니다만."

나카다 씨는 싱글벙글했다.

"저는, 한 글자 한 글자, 선생님에게서 배운 대로 이야기를 했을 뿐입니다. 오너가 틀림없이 뒷돈을 낼 것까지 선생님은 계산하셨지요?"

억누르지 못하고 히죽히죽 비어져 나오는 웃음을 얼버무리려 슈헤이는 턱을 당겼다.

"뭐, 6대 4 정도의 확률이라고는 생각했지만요."

실제로 기분 좋을 만큼 평화롭게 끝났다.

"뒷돈을 내 주면, 만에 하나 나중에 이게 전부 우리가 꾸민 일이었다고 들켜도, 오너는 그게 있는 이상 더 이상 손을 내밀 수는 없을 테지요? 뭐, 아무리 조심해도 지나칠 건 없으니까요."

아직 텅 빈 서가 중에서 가장 눈에 띄는 곳에 슈헤이의 책 코너가 만들어져 있다. 나카다 씨는 신앙심 깊은 기독교도가 십자가를 올려다보는 듯한 눈빛으로 선반을 바라보고, 다시 슈헤이를 올려다보았다.

"선생님에게 받은 은혜는 평생 잊지 않겠습니다."

"저는 계획을 짰을 뿐입니다. 실행한 건 당신이죠."

"그리고 그 사건의 의사 선생님과 간호사분들의 명복을 빌어야겠다는 생각을 하고 있습니다."

신문 기사 얘기다. 그 사건이 슈헤이에게 힌트를 주었다.

"정말로 그렇네요."

"다만, 한 가지 궁금한 점이 있습니다만."

나카다 씨는 고개를 갸웃거렸다.

"B형 간염을 구실로 삼는다는 생각이야 어쨌든, 그거라면 그것대로 제가 의사 진단서를 가지고 가면 끝날 일이 아닙니까? 선생님이 협박장을 보내시지 않아도요."

슈헤이는 웃었다.

"그랬다가 '구두쇠' 오너가 당신의 입을 막아 버리면 간단하다고 생각하고 말 그대로 당신을 없애 버리려 했을지도 모른다고요. 그러니 외부에도 사실을 알고 있는 사람이 있다고 생각하게 만드는 편이 안전해요."

나카다 씨는 부르르 몸을 떨었다.

"과연. 납득이 갔습니다."

새 종이와 잉크 냄새에 둘러싸인 모습이 행복해 보인다. 이 사람이 일찍이 '죽여 주세요' 하고 부탁해 온 사람이다. 슈헤이도 실로 행복했다.

"저는 가게가 궤도에 오르면, 개인적으로 받은 몫에 대해서는 조금씩이라도 갚을 생각입니다."

"사람이 좋으시네요."

나카다 씨는 만면에 웃음을 지었다. 만약 얼굴이 유리잔이고 미소가 샴페인이라면, 나카다 씨의 샴페인은 마구 흘러넘치고 있다고 해야 할 정도다.

"선생님이야말로요. 결국은 돈을 받아 내지 않으셨으니까요."

인텔리 야쿠자가 쓴 것 같은 협박장은 물론 슈헤이가 보냈다. 그 안에서 요구했던 돈에 대해서는, 인도 장소를 지정하는 편지를 몇 번인가 보냈고 그때마다 오너를 휘둘러 대긴 했지만, 결국 '경찰이 있다'는 둥 어쨌다는 둥 하는 이유를 붙여서 받지 않고 끝내 버렸다. 처음부터 그럴 생각이었다.

"그야 당연하죠. 목적은 당신의 퇴직금이었으니까. 게다가 저만 한 나이의 사람이 섣불리 큰돈을 손에 쥐면 타락해 버리니까요."

나카다 씨는 그저 웃기만 하고 슈헤이가 하는 말 같은 건 듣고 있지 않는 듯했다.

"선생님, 차라도 끓일 테니 이쪽으로 오세요."

그 말에 슈헤이도 겨우, 지금 나카다 씨가 잉크나 종이, 내부를 꾸민 지 얼마 안 된 벽이나 바닥 냄새를 그다지 괴로워하지 않는 듯 보인다는 사실을 깨달았다.

"맞다, 완전히 잊고 있었는데 병은 어떤가요? 조금은 좋아지고 있습니까?"

"예. 조금씩이기는 하지만요. 듣자하니 아연과 칼슘의 균형이 문제였다고 하더군요. 의사 선생님은 제가 완치되는 날에는 일대 화제가 될 만한 논문을 쓸 수가 있다며 뺨을 장밋빛으로 물들이고 계십니다. 물론 그 속에서 저는 익명. 의사분들의 세계도 꽤나 힘든 게지요."

잠시 후 홍차의 향기가 났다. 티 포트와 햇빛에 투명하게 비쳐 보일 듯한 얇은 자기 컵을 들고 온 나카다 씨는 문득 말했다.

"선생님, 전 역시 옛 조상의 가르침은 위대하다고 생각한답니다."
"오, 어째서요?"
"사람들이 종종 이렇게 말하지 않습니까."
아이처럼 웃으며 나카다 씨는 말했다.
"사람은 죽을 마음으로 하면 무슨 일이든 할 수 있다고요. 안 그런가요?"

★
미야베 미유키 작품 목록

일러두기

* 이어지는 '미야베 미유키 작품 목록'은 2010년까지 출간된 미야베 미유키의 모든 작품과 한국어 판 정보를 담고 있습니다.
* 일부 작품에는 북스피어 편집부와 독자의 간단한 감상과 평이 달려 있는데, 편집부 세 명은 '김', '박', '임'의 성(姓)으로, 독자는 이름을 전부 표시했습니다.
* 2010년 10월 현재 한국어 판이 출간된 작품들은 출판사와 출간년을 함께 표시했습니다.
* 북스피어에서 출간 예정인 작품들은 '북스피어 출간 예정'으로 표시했으며, 다른 출판사의 예정작 표시는 따로 하지 않았습니다.
* 미출간 작품인 경우 원제 옆에 작은 글씨로 한국어 제목을 달았습니다. 앞으로 출간될 정식 한국어 판 제목과는 다를 수 있습니다.

미야베 미유키 작품 목록

1987

단편 「우리 이웃의 범죄」로 제26회 〈올 요미모노〉 추리 소설 신인상 수상

1989

『퍼펙트 블루』(김해용 옮김, 황매, 2009)

『마술은 속삭인다』(김소연 옮김, 북스피어, 2006)

　제2회 일본 추리서스펜스 대상 수상작

　§ 미야베 미유키가 그리는 소년은 언제나 '앞으로 나아가는 방법'을 본능적으로 알고 있는 듯하다. 그네들의 선함이야말로 저자가 잃지 않으려는 희망이 아닐까 생각할 정도로. (박)

　§ 내 마음속에서는 여사님의 데뷔작. (임)

　§ 나를 미야베 월드로 인도한 안내자. 북스피어 열혈 독자가 되게끔 한 주범. 덧붙이자면, 이 책 덕분에 북스피어 '이스터 에그'의 마력에 걸려들어 헤어 나오지 못하고 있다. (정다은)

1990

『우리 이웃의 범죄』(장세연 옮김, 북스피어, 2010)

§ 아아. 스물일곱 살에 이런 소설을 써 버리면 나 같은 잠재적 소설가 지망생은 대관절 어쩌란 말인지. (김)

§ 미야베 미유키의 데뷔작. 여러 작가 지망생들의 의욕을 꺾지 않을까 싶은. 데뷔작이라고는 믿을 수 없을 정도로 멋진 단편. 게다가 다른 단편들도 훌륭하다. 「선인장 꽃」에서는 눈물을 쏟아 버렸음. (박)

§ 문예 교실을 조금만 다니면 누구나 작가가 될 수 있다. 단, 여사님 정도의 재능이 있다면. (임)

『東京[ウォーター・フロント]殺人暮色 도쿄[워터 프론트] 살인 만경』(光文社)

『레벨7』(한희선 옮김, 북스피어, 2008, 전2권)

§ 미미 여사가 쓴 소설을 통틀어 거의 유일하게 정통파적 나쁜 놈이 나온다. 절대로 게임을 배경으로 삼은 작품이 아니라는 점도 염두에 두시길. (김)

§ '레벨 7'이라는 수수께끼의 키워드를 중심으로 두 개의 이야기가 진행된다. 처음에는 산만한 듯하다가도 어느 순간 잘 만든 톱니바퀴처럼 멋지게 맞물리는 구성이 인상적. (박)

1991

『용은 잠들다』(권일영 옮김, 랜덤하우스코리아, 2006)

제45회 일본 추리작가협회 대상 수상작, 105회 나오키 상 후보

§ 소재는 초능력, 이라고 써놓으면 조금 진부한가? 하지만 '역시' 하고 무릎을 칠 수밖에 없는 까닭은 인간의 '배타적 의식' 문제를 염두에 두고 쓴 듯한 빛나는 문장들이 장치로서 기능하고 있다는 것. (김)

§ 미미 여사 작품의 최대 강점 중 하나인 매력적인 캐릭터 설정이 인상적이다. 친근하지만 진부하지 않고, 이질적이지만 불편하지 않은 안타까운 등장인물들. (정다은)

『혼조 후카가와의 기이한 이야기』 (미야베월드 제2막, 김소연 옮김, 북스피어, 2008)

제13회 요시카와 에이지 문학 신인상 수상작

§ 후카가와의 일곱 가지 불가사의에 대한, 때로는 따뜻하고 때로는 섬뜩한 이야기. 하지만 모시치 대장님이 주인공인 단편이 한 편쯤 있어 줬으면 하는 아쉬움을 나만 느낀 건 아니겠지. (박)

§ 여사님의 책 가운데 가장 마음에 드는 표지 그림. 이 우키요에를 보는 것만으로도 책을 읽는 기분이야. (임)

§ 『대답은 필요 없어』가 현대판 단편의 묘미라면 이 작품은 시대 소설계 단편의 강자. 밀도 높은 묘사에 마치 실제로 에도의 거리를 걷는 듯 진하게 느껴지는 삶의 향취에 한번 빠지면 출구가 없다. 그야말로 에도 블랙홀. (정다은)

『대답은 필요 없어』 (한희선 옮김, 북스피어, 2007)

제106회 나오키 상 후보

§ 무인도에 고립되기 전(뭐 그런 일이 일어날 리 있겠냐만)에 미미 여사의 단편집을 딱 하나만 고를 수 있다면 두말할 나위 없이 이 책이다. (김)

§ 국내에 여사님이 잘 알려지기 전에 나왔기 때문인지 단편으로서의 품격이 제대로 알려지지 않아 아쉬워. (임)

§ 이것이 바로 단편의 묘미! 단편 소설을 읽는 즐거움을 확실하게 알려 주는, 현대의 도시를 살아가는 다양한 사람들의 쌉싸름한(?) 이야기. '안녕'에는 대답이 필요 없고, 이 책에는 설명이 필요 없다. 일단 읽어(요)! (정다은)

1992

『かまいたち 가마이타치』(新人物往来社, 북스피어 출간 예정)

『오늘 밤은 잠들 수 없어』(김해용 옮김, 황매, 2010)

§ 소소하지만 이런 글을 읽고 나면 그날 하루는 약간 득을 본 듯한 기분이 든다. (김)

『스나크 사냥』(권일영 옮김, 북스피어, 2007)

§ 처음부터 끝까지 후렌치 레볼루션. 그래서 영화화 판권도 덜컥 계약된 거겠지. 민규동 감독님. 얼른 만들어 주세요. 지난번에 뵈었을 때는 금방이라도 크랭크인할 것처럼 말씀하시더니. (김)

§ 여사님 작품 가운데 가장 선이 굵고 박력이 넘친다. 마지막 샷건 장면은, 와우. (임)

§ 루이스 캐럴이 울고 갈 명작……은 좀 심했나. 네. 전 그래도 루이스 캐럴이 더 좋아요. 별책 부록으로 캐럴을 만날 수 있어 참 좋았답니다. ^-^ (조영주)

§ 유순한 소설만 쓴다고 생각했던 미미 여사의 소설에 대한 편견을 확 날려 버린 소설입니다. 그간 미미 여사의 소설에서 보여 주지 않았던, 숨 막히는 긴장감을 생생하게 느낄 수 있었던 소설. 이야기가 후반으로 달려가면서 과연 소설내의 인물들이 어떻게 될지 손에 땀을 쥐면서 읽었습니다. (이소희)

『화차』(박영난 옮김, 시아출판사, 2006. 개정판)

제6회 야마모토 슈고로 상 수상작.

§ 어쩌면 인간은 서로 상대에 대해 아무것도 아는 게 없고 완전히 잘못 알고 있으면서도, 세상에 둘도 없는 친구인 양 평생 자신이 착각하고 있다는 사실은 깨닫지 못하고, 상대가 죽으면 눈물 흘리며 조문 따위를 읊어 대는 게 아닐까. (김)

§ 이 작품을 읽지 않았다면 여사님 작품을 읽지 않았다는 말. (임)

§ "팜므파탈 하면 이 정도는 되어야 우표처럼 찰싹 갖다 붙이지"라고 혼자 헛소리를 했던 작품입니다. 빌 S. 밸린저의 『연기로 그린 초상』과 닮은 꼴. (조영주)

§ 난 아직은 영리하게 카드를 사용하고 있지만, 화차의 여주인공 같은 사람이 우리 사회에 차고도 넘친다는 사실이 씁쓸했던 소설. (이인선)

『나는 지갑이다』(권일영 옮김, 랜덤하우스코리아, 2007)

§ 원제는 '기나긴 살인'이지만, 오히려 국내판 제목이 훨씬 와 닿았던 소설입니다. 언뜻보면 각기 다른 지갑들의 이야기인 듯한데도, 엔딩에서 한 사건으로 귀결되지요. 소설도 재미있게 읽었습니다만, 단편 드라마도 상당히 재미있게 만들어져서 눈도, 귀도 즐거운 작품이 되었습니다. (이소희)

『とり殘されて 홀로 남겨져서』(文藝春秋, 북스피어 출간 예정)

§ 오싹하면서도 안타까워서 몇 번이나 뒤를 돌아보게 만든 단편집. 여사님의 문제점(?)은 어느 부분을 건드려야 독자들이 책장을 넘기다가 움찔하며 멈추게 되는지 정확히 알고 있다는 점이다. (박)

1993

『스텝 파더 스텝』(양억관 옮김, 작가정신, 2006)

『흔들리는 바위 ― 영험한 오하쓰의 사건 기록부 1』(미야베월드 제2막, 김소연 옮김, 북스피어, 2008)

§ 어마어마한 비극의 발단은, 개^{Dog}. 『흔들리는 바위』를 읽기 전에 '주신구라'에 대해 조사해 봤다면 센스 있는 당신. (김)

§ 고전 '주신구라'에서 태어난 시대 소설. 작품성 면에서 역사를 다시 바라보는 시선이 훌륭하다면, 재미 면에서는 오하쓰와 우쿄노스케 콤비(커플?)의 사랑스러움이 포인트. (박)

『쓸쓸한 사냥꾼』(권일영 옮김, 북스피어, 2008)

§ 이와 씨 같은 할아버지가 주인으로 있는 헌책방이 근처에 있다면 내 기필코 단골이 되고 말리. (박)

§ 헌책방과 할아버지와 나. 할아버지와 소년에 대한 여사님의 로망이 가장 잘 드러난 작품. (임)

§ 헌책방 주인 할아버지와 손자가 알콩달콩 따스하게 살아나가는 모습이 훈훈하다. 이야기 자체에 큰 임팩트는 없지만 마음이 허할 때 스스로를 달래기 위해 읽어 주면 대략 좋다. (김예진)

§ 헌책방이라는 소재만으로도 읽기 전부터 만족했던 소설. 시간을 들여 헌책방에서 만나는 책들은 각기 다 소중한 추억이 남기 마련인데, 이 책에서 그런 추억 어린 책들의 이야기가 미스터리와 잘 혼합되어서 읽으면서 기분이 무척 좋았습니다. 책을 소중히 여기는 또 하나의 동지를 만난 듯싶어서 기뻤달까. 한 권으로 끝나지 말고 더 나오길 바라는 책이기도 합니다. (이소희)

1994

『지하도의 비』(추지나 옮김, 북스피어, 2010)

§ 나 같은 경우 마쓰모토 세이초가 가장 많이 오버랩된 작품이었다. 아니, 정확하게 말하면 '『마쓰모토 세이초 걸작 단편 컬렉션』이 가장 많이 오버랩된'이라고 해야겠지. (김)

§ 「영원한 승리」와 「무쿠로바라」만으로도 이 단편집의 가치는 충분! (임)

『幻色江戸ごよみ 환상 빛 에도 달력』(新人物往来社)

1995

『꿈에도 생각할 수 없어』(김해용 옮김, 황매, 2010)

『初ものがたり 맏물 이야기』(PHP硏究所)

『**구적초**』(김은모 옮김, 북스피어, 2009)

　§『크로스 파이어』와 비교해 보면 같은 주제 같은 소재로 장편과 단편을 어떻게 요리하는지, 그 솜씨를 엿볼 수 있다. (김)

　§ 남들과 '다른' 힘을 저주가 아닌 축복으로 만드는 것은 분명 힘을 지닌 사람의 마음이리라 생각하게 하는 단편 세 편. (박)

　§ 자유자재로 휘두르는 초능력 액션에 흥이 나다가도 끝끝내 자유로울 수 없었던 주인공의 깊은 고독에 마음이 쓰리다. 그야말로 초능력처럼 이야기를 쥐락펴락하는 미미 여사님의 완급 신공에도 감탄 또 감탄. (정다은)

1996

『**인질 카논**』(최고은 옮김, 북스피어, 2010)

제115회 나오키 상 후보.

　§ 억울해. 다들 미야베 미유키의 소설을 평가할 때는, 미야베 미유키 외의 작가가 쓴 소설이 아니라 항상 미야베 미유키 본인이 쓴 걸작과 경쟁시킨다. 그냥 절대 평가를 해 주면 안 되겠니. (김)

　§ 주변 어디에나 있을 법한 이야기라 오히려 친근감 있게 다가온다. 전혀 상관없어 보이는 두세 가지 소재를 위화감 없이 하나로 묶는 여사님의 글솜씨에는 그저 감탄. (박)

　§ 표지에 북스피어 가게는 모두 몇 개? (임)

『**가모우 저택 사건**』(이기웅 옮김, 북스피어, 2008, 전2권)

제18회 일본 SF 대상 수상작. 제116회 나오키 상 후보

§ 이 작품을 제대로 평가하기 위해서는 약간의 기개와 얼마간의 공부가 필요하다. 때문에 (우리나라에서는) 비운의 걸작으로 남는다에 왼쪽 손목을 걸 자신도 있다. (김)

『堪忍箱인내 상자』(新人物往来社)

1997

『天狗風덴구 바람 ― 영험한 오하쓰의 사건 기록부 2』(新人物往来社, 북스피어 출간 예정)

『心とろかすような ― マサの事件簿마음이 녹아내리듯―마사의 사건부』(東京創元社)

1998

『이유』(이규원 옮김, 청어람미디어, 2005)

제120회 나오키 상, 제18회 일본 모험소설협회 대상 수상작

§ 덕분에 이 넓은 세상에는 (출판 편집자로서의) 내가 모르는 훌륭한 소설이 얼마든지 존재한다는 사실을 알게 되었다. (김)

§ 수많은 사람들의 인터뷰로 이루어진 본문을 읽다가 그 얼개를 파악하는 순간 등줄기로 달리는 소름은 작가의 집념에 대한 경의인 동시에 인간 사회의 촘촘함에서 느껴지는 공포이기도 하다. (김예진)

§ 미미 여사는 역시 사회파! 라는 것을 인식시켜 준 소설입니다. 『이유』보다는 『화차』쪽이 사회파 소설로는 더 강하지만, 제가 읽었을 때에는 벌어지는 사건이

시대상과 맞았고 읽으면 읽을수록 점점 더 빠져들어 가는 흡입력이 발군이어서 그런지, 『화차』보다는 『이유』가 더 잘 읽혔습니다. 지금 읽어도 전혀 위화감이 없는 소설이기에 더욱 더 빛을 발하는 소설이라고 생각합니다. (이소희)

§ 최근 십 년 사이 우후죽순처럼 들어서기 시작했던 주상 복합 빌딩의 허상을 들여다보게 해 주고, 가족의 의미에 대해 생각하게 해 준 소설. (이인선)

『크로스 파이어』(권일영 옮김, 랜덤하우스코리아, 전2권)

§ 미미 여사의 초능력 소설 중 가장 재미있고 마음에 와 닿았던 소설. 다른 초능력 소설들은 초능력에 주로 초점이 맞춰졌는데, 이번에는 사회파 미스터리의 대가답게 범죄자에 대한 개인적 복수가 어디까지 정당한 것인가에 대한 고민이 덧붙여져 있어서 좋았던 책. (이인선)

『平成お徒步日記헤이세이 도보 일기』(新潮社)

2000

『얼간이』(미야베월드 제2막, 이규원 옮김, 북스피어, 2010)

§ 천재 미소년 구경만으로도 충분히 본전은 뽑을 수 있다. (김)

§ 에도의 '밑바닥 인생'은 정감 넘치고 등장인물들은 사랑스러워서 마지막 장을 덮기 아까운 소설. 끝까지 읽은 후 제목을 다시 보면 여러 생각을 하게 된다. (박)

§ 미미 여사의 사람 냄새 물씬한 에도 시리즈 중에서도 단연 등장인물들이 반짝반짝 빛이 난다. 이런 이들을 '얼간이'라 칭하는 거라면 얼간이들만이 가득한 세상이 우리에겐 필요할 듯. (정다은)

『괴이』(미야베월드 제2막, 김소연 옮김, 북스피어, 2008)

§ 공포라는 것이 반드시 '브루스 윌리스는 귀신' 혹은 '내 다리 내놔'일 필요는 없

지. 암, 그렇고말고. (김)

§ 쓸쓸한 밤에는 가끔 한 번씩 꺼내서 뒤적거리고 싶은 책. 시대를 뛰어넘어, 언제나 괴롭고 아프고 두렵지 않은 사람은 없다. (김예진)

2001

『모방범』(양억관 옮김, 문학동네, 2006, 전3권)
　제55회 마이니치 출판문화상 특별상, 제5회 시바 료타로 상 수상작
　§ 이 작품은 내가 만들고 싶었을 뿐이고……. (임)

『R. P. G』(集英社)

『드림 버스터 1』(김소연 옮김, 프로메테우스, 2006)

2002

『**메롱**』(미야베월드 제2막, 김소연 옮김, 북스피어, 2009)
　§ "인간이란 복잡하거든. 좋아하는 상대, 마음을 끌고 싶다고 생각하는 상대에게는 오히려 솔직해지지 못할 때가 있어." 그것이 바로 '메롱'을 하는 이유. (김)
　§ 귀신 여러 명(?)과 귀신을 볼 수 있는 소녀가 나오지만 따뜻하고 사랑스러운 소설. 게다가 잘생기면 귀신도 용서된다는 만고불변의 진리를 담고 있기도……. (박)
　§ 오린 귀여워. 꺄♡ (임)

2003

『브레이브 스토리』(김해용 옮김, 황매, 2007, 전4권)

『**누군가**』(권일영 옮김, 북스피어, 2007)

§ 날씨 화창한 날에 쏘아 올린 폭죽 같은 이야기. 주의 깊게 바라보지 않으면 소리밖에 들을 수 없다. (김)

§ 평범한 '아저씨' 스기무라 사부로의 첫 등장. 소심하지만 사람 좋은 아마추어 탐정 아저씨의 매력으로 가득한 한 권이다. (박)

§ 내 마음 속의 베스트. (임)

『드림 버스터 2』(김소연 옮김, 프로메테우스, 2006)

2004

『이코 — 안개의 성』(김현주 옮김, 황매, 2005)

§ 게임이 마음속으로 스며들었다면 소설은 머릿속으로 파고든다. 게임과는 전혀 다른 모습의 이코와 요르다를 맛보시길. (박)

2005

『日暮らし 하루살이』(講談社, 북스피어 출간 예정)

『**외딴집**』(김소연 옮김, 북스피어, 2007, 전2권)

§ 좀 주제넘지만(그다지 주제넘는다고 생각하지도 않으면서 입으로만 그렇게 말한다), 『외딴집』을 읽고 나면 필시 다른 많은 소설들이 시시해질 것이다. (김)

§ 미야베 미유키 시대 소설의 정수라 해도 모자란 작품. 너무나 잔혹한데, 그 잔혹함이 너무나 현실적이어서 어찌할 바를 모르겠다. (박)

§ 반드시 신경숙의 『외딴방』보다 유명해질 테다, 흥. (임)

§ 시대물 특유의 용어 때문에 진입 장벽이 다소 높긴 하지만 일단 읽기 시작하면 등장인물들이 겪어야만 하는 잔혹한 '운명'의 무게에 눌려 단숨에 읽게 되는 책. 당신은 이미 울고 있다. (김예진)

§ 이 책을 어떻게 한두 줄로 설명할 수 있을까. 아직까지도 떠올리면 가슴이 꽉 막혀 온다. 오직 미야베 미유키만이 써낼 수 있는 작품이라 믿어 의심치 않는다. (정다은)

§ 미묘한 긴장감이 끝에 가서 '빵' 터지는 대작. (조영주)

§ 악플만큼 무서운 민심, 소문이 만들어 낸 허상들, 그 안의 뭉클하고 가슴 저린 이야기. 미미 여사의 시대 소설 중 최고의 작품. 마침 촛불 집회 관련해서 시끄럽던 때라 국가, 또는 권력자의 정보 통제에 대해 생각할 기회를 준 책. (이인선)

2006
『**이름 없는 독**』(권일영 옮김, 북스피어, 2007)

제41회 요시카와 에이지 문학상 수상작

§ 여기 등장하는 여자아이가 우리 회사에 입사했다면 이 몸은 아마 자살했을지도. 아참, 저는 사장님입니다. (김)

§ 미야베 미유키의 작품 중 가장 멋진 제목이라고 생각한다. 악의, 증오, 질투……. 내 안에 있는 독은 어떤 이름을 하고 있을까. 누가 나에게 가르쳐 주기를. (박)

§ 여사님. 스기무라 이혼시키지 마세요(작가 공개 스포일러). ㅠㅠ (임)

§ 겐다 이즈미가 내뿜는 독기 어린 악의에는 아무런 이유도 없다. 그러나 이런 사람은 분명히 우리 주변에 존재한다. 그런 사람을 어찌할 수 없다는 분노와, 정말 딱한 사람에게는 아무런 도움도 주지 못한다는 안타까움이 한꺼번에 담긴 서글픈 책. (김예진)

§ 한국에서 '탐정'이라는 명칭을 사용하면 법에 걸린다는 사실, 아세요? 참으로 안타깝죠. 그렇다면 우리 나라에서 '탐정'이 살아가려면 어떻게 해야 할까. 저는

이 두 권의 시리즈에 등장하는 탐정이면서도 탐정이 아닌 탐정 '스기무라 사부로'에게서 그 모습을 찾았습니다. 평범하지만 평범하지 않은 이야기, 강추! (조영주)

§ 꼭 형사가 나와야 추리 소설이란 편견은 노! 원빈의 '아저씨'와는 또 다른 차분한 매력을 지닌 스기무라 사부로와 만나시라. (임승헌)

§ 개인적으로 무척이나 인연이 많은 책입니다. 책 속에서 나오는 한 인물의 말 한마디가, 악의가 다른 사람에게는 큰 상처로 남는다는 것을 보여 주죠. 평범한 일상의 악의가 어떤 것인지를 잘 알려 주는 책이라서 미미 여사 책 중 가장 좋아하는 책입니다. (이소희)

§ 나를 처음 미야베 월드로 이끌었던 책. 현대 사회의 익명 범죄에 대한 고찰과 평범한 회사원 스기무라의 탐정 놀이가 매력적인 소설. (이인선)

『드림 버스터 3』(德間書店, 한국어 판은 2권까지 출간)

2007

『낙원』(블랙펜클럽 5, 권일영 옮김, 문학동네, 2008, 전2권)

『드림 버스터 4』(德間書店, 한국어 판은 2권까지 출간)

2008

『おそろし ─ 三島屋変調百物語事始 두려움-미시마야 변조 괴담 1』(角川書店, 북스피어 출간 예정)

§ 이런 이야기는, 여사님의 낭랑한 목소리로 직접 듣고 싶다. (임)

2009
『英雄の書 영웅의 서』(毎日新聞社)

2010
『小暮写真館 고구레 사진관』(講談社)

『あんじゅう ― 三島屋変調百物語事続 안주-미시마야 변조 괴담 2』(中央公論新社)

초판 1쇄 발행 2010년 10월 15일

지은이 미야베 미유키
옮긴이 장세연

발행편집인 김홍민 · 최내현
편집장 임지호
편집자 박신양
표지디자인 이혜경디자인
용지 화인페이퍼
출력 스크린출력
인쇄 · 제본 현문

펴낸곳 도서출판 북스피어
출판등록 2005년 6월 18일 제105-90-91700호
주소 (121-826) 서울특별시 마포구 망원동 513 상암마젤란21 101-902
전화 02) 518-0427
팩스 02) 701-0428
홈페이지 www.booksfear.com
전자우편 editor@booksfear.com

ISBN 978-89-91931-72-5 (04830)
978-89-91931-11-4 (세트)

책값은 뒤표지에 있습니다.
파본은 구입하신 곳에서 교환해 드립니다.